Hans-Peter Mester

Franziska

und der Geldkoffer

Findorff-Krimi
Band 2

Kellner Verlag
Bremen Boston

Dieses Buch ist bei der Deutschen Nationalbibliothek registriert. Die bibliografischen Daten können online angesehen werden:
http://dnb.d-nb.de

Der Autor:
Hans-Peter Mester, Jahrgang 1954, in Bremen geboren und aufgewachsen, hat große Teile seiner Kindheit »auf Parzelle« verbringen dürfen. Für den langjährigen Leiter des Ortsamtes Bremen-West gehörte der lokale Blick auf die Stärken und die Abgründe des Stadtteillebens fast drei Jahrzehnte zu seinem Berufsalltag. Von 1985 bis 2000 war er stellvertretender Leiter, von 2000 bis 2012 Leiter des Ortsamtes West.

IMPRESSUM

St.-Pauli-Deich 3 • 28199 Bremen
Tel. 0421-77866 • Fax 0421-704058
sachbuch@kellnerverlag.de • www.kellnerverlag.de
Lektorat: Sebastian Liedtke, Manuel Dotzauer
Satz: KellnerVerlag, Umschlag: Designbüro Möhlenkamp
ISBN 978-3-95651-052-6

Handelnde Personen

Franziska Morgenstern: Stadtplanerin und Zweite Vorsitzende des Kleingartenvereins.

Freunde und Verwandte

Andreas Klapphorn: Musikpädagoge und Erster Vorsitzender des Kleingartenvereins.
Julia und Johannes: Kinder von Andreas.

Mitglieder der Findorffer Kleingartenidylle

Sebastian Baumgarten: Rechnungsführer des Kleingartenvereins
Ursula Brettschneider: Schriftführerin des Kleingartenvereins
Rudi Klingebiel: Der traditionsbewusste Eckkneipier fungiert als Wirt des Landheims »Erntedank«.
Tatjana Klingebiel: Attraktive Tochter des Wirtes.
Simone Klingebiel-von Lausitz: Ex-Ehefrau des Wirtes.
Hermann Schilling: Pedantischer Garten-Nachbar von Franziska.
Friedhelm: Nicht gerade friedlicher Dackel von Hermann Schilling.
Familie Markgraf: Linksseitige und, zum Wohle der gesamten Nachbarschaft, sehr aktive Nachbarsfamilie von Franziska.

weitere Personen

Sabine Hellwege: Leiterin des Schulgartens.
Carl-Gustav Kampendonk: Bankier.
Claudette Kampendonk: Bankiersgattin und Immobilienmaklerin.

Die Polizei, dein Freund und Helfer

Karl-Eberhard Strelitz: Hart, aber herzlicher und voraussichtlich nichtrauchender Kriminalrat.
Konstanze Kannengießer: Engagierte Kriminaloberkommissarin.
Olaf Knispel: Kriminalkommissar und übereifriger »Fettnäpfchentreter«.

Die Aussteigerszene

Onno
Carsten
Nicole
Siggi
Judith

Kapitel 1

Freitag, 28. Juli, nachmittags

Die Immobilienmaklerin Claudette Kampendonk hatte das Empfinden, einen besonders erfolgreichen Tag erleben zu dürfen. Am Vormittag hatte sie zugleich mehrere viel versprechende Interessenten auf eine Kaufmannsvilla mit Weserblick angesetzt und die Vorzüge dieses Objektes so geschickt betont, dass es zu einem regelrechten Bieterwettstreit gekommen war. Die vom Verkäufer erwartete Summe war schnell deutlich überschritten gewesen und bis 750.000 Euro hatten sich noch drei Bewerber gegenseitig überboten. Nach kurzer fernmündlicher Rücksprache mit seiner Bank hatte einer der Interessenten – ein offenbar vermögender Türke aus dem Ruhrgebiet, der sich in Bremen ansiedeln wollte – grünes Licht für eine obere Gebotsgrenze von 850.000 Euro signalisiert bekommen und damit schließlich den Zuschlag erhalten.

Zwei Stunden später hatte Frau Kampendonk einen Notartermin für ein hochherrschaftliches Anwesen begleitet, das in Maklerkreisen als unverkäuflich galt. In der Einflugschneise des Bremer Flughafens gelegen, zudem mit Kontaminationsverdacht im Gartenbereich, bedurfte es schon eines Käufers, der bereit war, alle Nachteile des Objektes unbeachtet zu lassen. Eine solche kaufwillige Person hatte sie gefunden – die Enkelin des Erbauers, die ihre ersten Lebensjahre in diesem Haus verbracht hatte und nun nach Erreichen des Ruhestandes zurück zu ihren Wurzeln wollte.

Claudette Kampendonk befand sich in entspannter Stimmung, als sie sich mit ihrem silbernen Porsche Cabrio 911 auf den Heimweg begab. Vor zehn Jahren hatte sie sich mit Unterstützung des Bankhauses Kampendonk eine Maklerexistenz aufgebaut, in der es ausschließlich um repräsentative Objekte ging.

Ihr Motto: Lieber nur ein lukrativer Abschluss im Monat, als Tag für Tag Besichtigungstermine für Single-Wohnungen zu veranstalten oder kinderreichen Familien bei der Suche nach einer angemessenen Bleibe zu helfen, um anschließend zur Beitreibung der Makler-Courtage noch gerichtliche Hilfe in Anspruch nehmen zu müssen. Dass ihr seinerzeit über den geschäftlichen Kontakt hinaus die persönliche Zuneigung des Bankiers Kampendonk zuteil wurde, hatte sie gerne genutzt.

Der Bankier Kampendonk verkörperte in jeder Hinsicht den gut situierten hanseatischen Kaufmann – wohlüberlegt die Risiken und Profitperspektiven seiner Geschäftsvorgänge abwägend, mit kühlem Kopf und dennoch mit sozialer Kompetenz handelnd. Er führte die traditionsreiche kleine Bank in dritter Generation, und Claudette, die ebenfalls aus gutem Hause stammte, mochte sich mit ihren damals 27 Jahren der Ausstrahlung dieses weltmännisch und zugleich kultiviert auftretenden, doppelt so alten Herrn mit seinen silbern schimmernden Schläfen und der Schwäche für dunkelblaue Armani-Anzüge nicht entziehen.

Carl-Gustav Kampendonk wiederum war von dem natürlichen Auftreten der jungen Frau, von ihrer Intelligenz und Zielstrebigkeit beeindruckt. Überdies war er es gewohnt, die Dinge des Lebens vorrangig unter Aspekten wie Gewinnmaximierung und wirtschaftlicher Stabilität zu betrachten. Und da fiel die Tatsache, dass Claudette aus einer begüterten Familie stammte, die im Weinhandel einen ausgezeichneten Namen besaß und zu Reichtum gekommen war, außerordentlich positiv ins Gewicht.

Zwei Gespräche über die Geschäftsidee der jungen Frau, ein Arbeitsessen und ein Theaterbesuch waren die Ouvertüre für eine sowohl von Zuneigung als auch wirtschaftlichem Interesse gesteuerte Partnerschaft gewesen.

Drei Jahre später war für Claudette der Erbfall eingetreten, nachdem ihre Eltern in Frankreich bei einem Flugzeugabsturz ums Leben gekommen waren. Zum Vermächtnis gehörte eine Villa in Bremen-Oberneuland, die höchsten Ansprüchen genügen konnte und fortan als Stammsitz und Refugium des Ehepaars Kampendonk diente.

Zehn Jahre später konnte man den beiden noch immer bescheinigen, eine glückliche Ehe zu führen. Beide gingen unabhängig von einander ihren Geschäften nach und verstanden es dabei, genügend Gemeinsamkeiten zu bewahren, um die Basis für eine funktionierende und zufriedenstellende Partnerschaft zu erhalten.

Während sich Claudette an diesem Freitag mit ihrem Porsche mühsam an die Spielregeln für geschlossene Ortschaften hielt, dachte sie über die Freizeitgestaltung am kommenden Wochenende nach. Da käme zum Beispiel das Galopprennen in Hamburg-Horn in Betracht.

Denkbar, dachte sie, wäre auch ein Tennisturnier in Düsseldorf – sie hatte dort Freunde, die ihr kurzfristig zu den notwendigen Karten verhelfen würden. Allerdings gehörte Tennis nicht unbedingt zu den von Carl-Gustav bevorzugten Interessensgebieten. Sie beschloss, die Idee mit dem Galopprennen zu vertiefen und vielleicht noch um ein oder zwei andere Events anzureichern – eine Kunstausstellung oder der schon seit Jahren geplante und stets verschobene Besuch des Musicals »Cats«. Dort könnte sie, so ihre Überlegung, auch Teile ihrer Garderobe zum Einsatz bringen, die sie bei ihrem letzten Aufenthalt in Paris erstanden hatte. Seitdem wartete dieser Neuerwerb in den Tiefen des komplexen Kleiderschrankes auf sein Stichwort.

Mit derart leichtem Gepäck in ihrer Gedankenwelt erreichte Claudette schließlich die Einfahrt ihres Elternhauses. Ein mit üppigem Baumbestand ausgestatteter Garten, der sich schon fast um die Bezeichnung »Park« bewerben durfte, hielt nicht nur zur Zeit des Laubfalls reichlich Arbeit bereit. Der

Porsche fuhr den kleinen Bogen über die säuberlich geharkte, kiesbestreute Auffahrt hinauf und kam vor der zwischen zwei Säulen zum Portal führenden Außentreppe zum Stehen.

Claudette Kampendonk griff nach ihrer Handtasche und gewahrte im Rückspiegel einen dunklen Mercedes, der allerdings – wie sie sofort einschätzen konnte – aus der unteren Preisklasse stammte. Sie stieg aus ihrem Porsche, strich das dunkelgraue Businesskostüm glatt und begab sich in gemessenen, ruhigen Schritten zum zweiten Fahrzeug. Ein gepflegt wirkender Vierziger entstieg auf der Beifahrerseite. Eine etwas jüngere Frau, die ebenfalls ausstieg, hatte den Mercedes gesteuert. Beide hielten einen Ausweis in den Händen.

»Frau Kampendonk?«, fragte der Mann.

»Ja«, bestätigte Claudette, »die steht vor Ihnen. Womit kann ich Ihnen helfen?«

»Kriminalpolizei«, stellte sich der Mann vor. »Müller ist mein Name, und das« – er wies auf seine Begleiterin – »ist meine Kollegin Schmitz.« Das klang nicht autoritär, sondern eher entschuldigend.

Claudette studierte die Ausweise und gab sie schließlich zurück. »Ich fürchte, ich bin zu wenig vertraut mit amtlichen Dokumenten dieser Art, als dass ich mir ein Urteil über deren Echtheit anmaßen darf. Aber vielleicht lassen Sie mich einfach wissen, worum es geht.«

Müller schaute fast zerknirscht drein, auch seine Kollegin Schmitz schien sich in ihrer Haut nicht wohlzufühlen.

»Wir haben einen Haftbefehl gegen Sie und Ihren Mann zu vollstrecken«, informierte die Kriminalbeamtin, aber es klang nicht wie eine amtliche Ansage, sondern eher wie die Bitte um Nachsicht.

»Das ist aber doch völlig abwegig«, entgegnete Claudette, nachdem sie erst einmal tief Luft geholt hatte. Sie zog missbilligend eine Augenbraue hoch. »Mein Mann kehrt übrigens erst heute Abend von einer Dienstreise zurück. Aber darf ich fragen, was man uns vorwirft?«

»Steuerhinterziehung in Millionenhöhe, schwarze Konten in der Schweiz und in Luxemburg, das ganze Programm«, erläuterte Müller. »Ich spreche hier von dem Ergebnis monatelanger Ermittlungsarbeit!«

»Ich muss schon sagen …«, holte Claudette zu einem weiteren Widerspruch aus und unterbrach sich. »Kann ich bitte eben telefonieren?« Sie hatte schon ihr Handy aus der Handtasche geholt.

»Tut mir leid, aber das kann ich nicht gestatten – nicht, solange wir nicht auch ihren Mann verhaftet haben.«

»Oh, ich verstehe«, gab sich Claudette einsichtig und steckte das Handy in die Tasche zurück. »Dann haben Sie also jetzt, wenn ich es recht verstehe, den Wunsch, dass ich Sie zu ihrer Dienststelle begleite?«

»Ja, so könnte man es ausdrücken, obwohl der Begriff ›begleiten‹ in diesem Zusammenhang eine sehr moderate Beschreibung sein dürfte«, antwortete der Kriminalbeamte etwas mokant, offenbar um seine Unsicherheit zu verbergen. »Aber ich denke, man wird eine Kaution festsetzen, und dann sind Sie spätestens morgen oder vielleicht noch heute Abend wieder auf freiem Fuß.«

»Dann sollten wir jetzt gehen. Umso eher klärt sich das Missverständnis auf – um nichts anderes kann es sich handeln.« Ihr Blick fiel auf die Kriminalbeamtin Schmitz, die ein Paar Handschellen aus ihrer Manteltasche gezogen hatte.

»Also, darauf können wir ja wohl verzichten«, erklärte Claudette mit fester Stimme.

»Es tut mir leid, aber Vorschrift ist Vorschrift«, entgegnete der Kriminalbeamte. »Wir reden hier schließlich nicht über Mundraub oder Fahrraddiebsstahl.« Er gab seiner Kollegin ein Zeichen, Frau Kampendonk die Handschellen anzulegen.

»Die Hände bitte auf den Rücken, Frau Kampendonk«, ordnete die Beamtin Schmitz an, eher Verlegenheit als amtliche Autorität ausstrahlend.

Kapitel 2

Freitag, 28. Juli, nachmittags

Die Vorstandssitzung des Kleingartenvereins »Erntedank«, die wie immer im Hinterzimmer des gleichnamigen Landheims stattfand, dauerte bereits zwei Stunden. Rudi Klingebiel, der Wirt des Landheims, brachte gerade zum dritten Mal eine Kanne Kaffee. Der Vorstand befand sich an diesem Freitagnachmittag vor der schwierigen Aufgabe, die Bücher des vorherigen Vorstandes zu übernehmen, der auf Grund der Ereignisse der letzten Monate nicht mehr zur Verfügung stand.

Während einer Sondersitzung war ein komplett neuer Vorstand gewählt worden. Erster Vorsitzender war Andreas Klapphorn geworden, seine Vertreterin nun Franziska Morgenstern, von Beruf Stadtplanerin im Dienst der Freien Hansestadt Bremen. Andreas war als Musiklehrer an einer Grundschule im Bremer Stadtteil Findorff tätig. Die Ereignisse des letzten Jahres hatten sie zu einer Lebensgemeinschaft zusammengeführt, die von Andreas' Kindern Julia und Johannes komplettiert wurden. Beide waren aus Rumänien zu ihrem Vater zurückgekehrt, nachdem ihre Mutter mit ihrem zweiten Ehemann in der Nähe von Bukarest bei einem Autounfall ums Leben gekommen war.

Andreas und Franziska, die im Übrigen beide ihre eigenen Wohnungen und die eigenen Parzellen behalten hatten, waren zunächst nicht bereit gewesen, die Vorstandsarbeit zu übernehmen. Als sich jedoch abzeichnete, dass sie mit Sebastian Baumgarten einen zuverlässigen Kassenwart zur Seite haben würden, der beruflich in führender Position mit Zahlen beschäftigt war und zudem die Eigenlandbesitzer des Kleingartengebietes vertrat, reduzierte sich ihre Abneigung. Überdies konnte eine weitere zuverlässige Kraft in Person von Ursula Brettschneider als Schriftführerin gewonnen werden – sie war als Chefsekretärin in einem mittelständischen Unternehmen tätig. Somit wagten sich Andreas und Franziska an diese neue Aufgabe heran.

»Damit können wir den Tagesordnungspunkt ›Gemeinschaftsdienst‹ verlassen und kommen zum Schulgarten.«

»Meint ihr denn, dass wir für die Erhöhung des Strafgeldes Beifall bekommen werden?«, erkundigte sich Sebastian Baumgarten, der den letzten Punkt noch nicht ganz loslassen mochte. Er sehnte sich nach einer Zigarettenpause, denn die Sitzung verlief im Gegensatz zu früheren Zeiten nikotinfrei.

»Es ist einfach eine Frage der Bezeichnung«, gab Franziska zu Bedenken. »Ich würde auch nicht von ›Strafgeld‹ sprechen, sondern von einem Solidarbeitrag, den jeder zu zahlen hat, der den Gemeinschaftsdiensten fernbleibt.«

»Genau«, griff Andreas den Gedanken von Franziska auf, »und außerdem haben wir als Vorstand derzeit eine gewisse Narrenfreiheit. Man ist froh, uns zu haben, und das gibt uns Spielraum für unpopuläre Maßnahmen. Können wir jetzt zum Schulgarten kommen?«

Der Schulgarten lag Andreas besonders am Herzen. Seine Einführung hatte er zur Bedingung für die Übernahme des Vorstandsvorsitzes gemacht. Die Grundidee war, die neben ihm gelegene, von einem Brandschaden gezeichnete und derzeit herrenlose Parzelle der Schule zu überlassen, an der Andreas als Musiklehrer tätig war.

»Hier können Kinder lernen, dass Gemüse nicht beim Verbrauchermarkt im Regal wächst, sondern gepflanzt, gezogen und geerntet werden muss. Ein schulvorgelagerter Lernort sozusagen«, hatte er sein Anliegen begründet und mit dieser Formulierung herabgelassene Unterkiefer und leere Blicke erzeugt.

»Hä?«, hatte Sebastian Baumgarten reagiert, und Ursula Brettschneider wollte wissen, wie man das Schulort-Vorlager schreibt.

»Entschuldigt, da ist die pädagogische Fachsprache mit mir durchgegangen«, musste Andreas um Nachsicht bitten. »Ich meine ja nur, dass ein solcher Schulgarten ein Ort des Lernens ist. Außerhalb der Schule. Also der Schule vorgelagert. Und wir haben gleichzeitig eine verwahrloste Parzelle weniger.«

Inzwischen hatte sich der Schulgarten als Außenstelle jener Grundschule etabliert, an der Andreas seine musikalischen Unterrichtsstunden gab. Die Projektleitung hatte seine Kollegin Sabine Hellwege übernommen, die dritten und vierten Schulklassen waren bereits in diesem Frühjahr aktiv geworden, um Kartoffeln zu pflanzen, Erbsen, Karotten und Radieschen auszusäen und einen Teich anzulegen. Dieser Modellversuch war mit zwei Preisen ausgezeichnet worden. Der Bildungssenator und eine gemeinnützige Stiftung hatten für die notwendigen finanziellen Mittel gesorgt, und alle Beteiligten strebten an, diese »Fremdnutzung« zu akzeptieren und auszubauen.

Die Anfangseuphorie hatte ausgerechnet bei Andreas kurzzeitig nachgelassen, als deutlich wurde, welche Kollegin seiner Schule das Projekt leiten würde. Allerdings fiel diese Stimmungsdämpfung nicht besonders auf, denn der eher introvertierte Andreas stand grundsätzlich nicht im Verdacht, sein Umfeld mit größeren Ausschlägen auf seiner emotionalen Heiterkeitsskala zu überraschen. Franziska mochte wiederum nicht nach den Gründen fragen, warum die sich bei Andreas ohnehin häufiger anzutreffende Einsilbigkeit vorübergehend in ein andauererndes Schweigen zurückentwickelte.

Die dunkle Wolke in Andreas' Gemüt schien aber zwischenzeitlich mit erfreulicher Geschwindigkeit weitergezogen zu sein, weshalb sich im Verein »Erntedank« zum Thema Schulgarten eine akzeptierende Haltung festigte.

So blieb es in der heutigen Sitzung nur bei einer Bilanzierung der bisherigen Arbeitsergebnisse. Keine Frage, das

Projekt war angekommen, die direkte Nachbarschaft musste feststellen, dass sich die befürchteten Lärmbelastungen innerhalb eines erträglichen Pegels einpendelte, auch war der von mehreren Bedenkenträgern prophezeite Vandalismus bislang nicht eingetreten.

Dafür hing ein anderes Damokles-Schwert über dem Kleingartenverein. Im Spätherbst des letzten Jahres hatte der »Erntedank e.V.« ungebetenen Zuwachs bekommen. An einem trüben Novembertag waren in Nebelschwaden eingehüllte, zu Wohnzwecken umgebaute Bauwagen sichtbar geworden, die nun in einer Art Niemandsland kurz vor der Autobahn standen. Obwohl das Gelände sehr naturbelassen wirkte – man hätte es auch als Feuchtbiotop mit Elementen eines Truppenübungsplatzes klassifizieren können – gehörte es noch zum Gebiet des Kleingartenvereins »Erntedank«. In einer Krisensitzung mit dem Leiter des örtlichen Polizeireviers und lokalen Politikern war vereinbart worden, dass es ein Bleiberecht über Winter geben sollte. Pünktlich zum ersten April des Folgejahres, gern auch eher, hatten diese Wohnwagen mit ihren Besitzern weiterziehen sollen. Dieser Termin war längst überschritten und für morgen stand eine neue Verhandlungsrunde an.

»Welche Position vertreten wir?«, fragte Andreas in die Runde, die noch von drei Beisitzern vervollständigt wurde.

»Klare Sache, die Truppe muss weiterziehen«, meinte Sebastian Baumgarten und hob bedeutsam seinen rechten Zeigefinger. »Die leben ja nach dem Motto ›Legal, illegal, scheißegal‹, und dieser Lebensmaxime können und dürfen wir keinen Vorschub leisten. Das wollen wir unseren Gartenfreunden nicht zumuten!«

»Ich denke auch, dass wir viel Geduld bewiesen haben«, meinte Franziska. »Die Angst, dass wir über das Winterhalbjahr noch mehr Einbrüche haben würden als sonst, hat sich zwar nicht wirklich bestätigt. Dennoch bleiben diese bunten Paradiesvögel auf jeden Fall ein Restrisiko.«

»Einig?«, fragte Andreas in die Runde.

Allgemeines Kopfnicken.

»Gut. Letzter Punkt: Die Familie Yilmaz möchte einen Kleingarten pachten. Der letzte Vorstand hat dieses Thema offenbar dauerhaft ausgesessen, weil man keine anderen Nationalitäten aufnehmen wollte. Das ist bei Familie Yilmaz nun völlig albern, weil sie seit zehn Jahren deutsche Staatsangehörige sind. Sind wir uns einig, dass wir dem Begehren der Familie Yilmaz stattgeben?«

Andreas schaute in die Runde. Nachdenkliche Blicke, verschlossene Gesichter.

»Was ist denn nun? Sagt, was ihr denkt!«

Sebastian Baumgarten und Ursula Brettschneider äußerten fast gleichzeitig: »Meinetwegen.«

Ein herzliches Willkommen klingt anders, dachte Franziska bei sich. Dass es wenigstens eine leidenschaftslose Zustimmung gab, war letztlich der deutlichen Ansprache von Andreas zu verdanken.

»Gut, dann sind wir durch, ich danke euch«, verkündete Andreas, klappte seinen Ordner zu und erhob sich.

»Beschlossen und verkündet«, scherzte Sebastian Baumgarten. Allgemeines Aufstehen, Recken, Beine- Ausschütteln.

»Kommt ihr noch mit an die Theke auf ein kleines Pils?«, fragte Ursula.

»Nee, lass mal gut sein«, wehrte Andreas ab. »Meine Kleinen warten schon – die haben mich lange genug entbehrt.«

»Verstehe, klar. Dann macht es mal gut.«

Andreas strebte dem Ausgang entgegen und trat ins Freie. Franziska hakte sich ein. »Das war knapp mit der Familie Yilmaz«, meinte Franziska.

»Ja«, bestätigte Andreas. »Mir fällt bei solchen Gelegenheiten immer ein herrlicher Spruch aus einem alten Asterix-Band ein. Da sagte der Dorfälteste über eine zugezogene

Familie sinngemäß: Ich hab nichts gegen Ausländer, aber diese Ausländer kommen nicht von hier!«

Franziska lachte, und Andreas war bester Laune. Die Rückkehr seiner Kinder, die er drei Jahre entbehren musste, hatte ihm, aber auch den Kleinen gutgetan. Er konnte sich wieder dem Leben zuwenden und Franziska hatte ihm in dieser Phase zur Seite gestanden. Dabei hatten sie nicht darüber gesprochen, nie die neue Situation analysiert oder Pläne entworfen. Franziska war einfach da, und Andreas ließ es geschehen. Mit keinem Wort wurde ihre Beziehung beschrieben. Sie waren umstandslos zusammen, zogen sich gelegentlich zurück, wenn es Zeit zum Durchatmen war, und fanden anschließend wie selbstverständlich wieder zueinander. Die Kinder, Julia und Johannes, hatten Franziskas unaufdringliche Wesensart schnell akzeptiert und ihr einen Platz in der kleinen Lebensgemeinschaft eingeräumt.

»Glaubst du, dass Johannes und Julia glücklich sind?«, fragte Franziska.

»Das ist schwer zu sagen«, kam nach kurzem Nachdenken die Antwort von Andreas. »Oberflächlich betrachtet, könnte man sagen: ja. Aber ich kann nicht ausschließen, dass sich unterhalb der fröhlichen Unbeschwertheit noch manches befindet, das aufgearbeitet werden muss. Ich bin sogar sicher, dass das so ist«, erklärte er. »Das Problem ist aber, dass ich zu dicht dran bin, um einen ungetrübten Blick für die Gesamtsituation zu haben – ich bin ja ein Teil davon. Wäre ich eine neutrale Person mit gebührendem Abstand, würde ich sicher zu einer verlässlicheren Einschätzung kommen.«

»Und was willst du tun? Einen Therapeuten auf die beiden ansetzen?«

»Um Himmels Willen, nein, das halte ich für völlig überzogen, zumal die beiden keine spürbaren Anzeichen einer Traumatisierung zeigen. Sie scheinen sich bei mir wohlzufühlen, sie akzeptieren und mögen dich, bringen in der Schule gute Leistungen und haben neue Freundschaften geschlossen.«

»Und dennoch hast du Sorgen, dass da irgendetwas hängen geblieben ist?«

»Ganz sicher – es wäre sogar bedenklich, wenn das nicht so wäre. Deshalb gibt es nur eines: reden, reden, reden.«

»Das sagt ja der Richtige«, lachte Franziska. »Du gehörst doch selbst zu denen, die bei weitem nicht über alles sprechen, was sie denken.«

»Dafür habe ich dich«, kam die prompte Antwort.

Franziska blieb abrupt stehen. »Wie jetzt ? Ich bin die Plaudertasche, die für Unterhaltung sorgt und mal eben im Vorbeigehen frühkindliche Traumata auflöst, während du deine Gedanken vertraulich behandelst?«

»Nicht doch«, versicherte Andreas hastig, »du bist eben die Aufgeschlossene, die auf Menschen zugehen kann und sich im kommunikativen Bereich mit leichterer Hand bewegt.«

»Mit leichter Zunge, meinst du wohl«, lachte Franziska.

Kapitel 3

Sonnabend, 29. Juli, morgens

Im neuerdings rauchfreien Dienstzimmer des Kriminalrates Strelitz, einem der erfahrensten Experten der Bremer Kriminalpolizei, fand am nächsten Tag eine Krisensitzung statt.

Während die Kaffeemaschine Rudolf röchelte, saß der Bankier Carl-Gustav Kampendonk sichtlich angeschlagen im Kreise eines Ermittlungsteams, das neben Strelitz aus Oberkommissarin Konstanze Kannengießer und Kommissar Knispel bestand. Gerade hatte Kampendonk vorgetragen, dass man ihn telefonisch über die Entführung seiner Frau informiert habe.

Schon gestern Abend, als er von einer Dienstreise zurückgekommen sei, habe er sich über die Abwesenheit seiner Frau gewundert. Ihr Wagen habe unabgeschlossen in der Auffahrt gestanden, während sie selbst nicht im Hause gewesen sei. Da das Hauspersonal bereits Freitagmittag freibekomme und erst am Montag wieder zur Arbeit erscheine, habe er niemanden nach dem Verbleib seiner Frau befragen können. Im Freundeskreis habe er sich zunächst einmal nicht umhören wollen, denn das erzeuge einen etwas seltsamen Eindruck, wenn der Ehegatte nach dem Verbleib seiner Frau forschte, nur weil sie womöglich für ein paar Stunden unauffindbar sei.

Gegen 21.30 Uhr sei dann der Anruf eingegangen, der die Situation geklärt habe. Eine ihm nicht bekannte männliche Stimme habe ihn über die Entführung seiner Frau informiert und für die Freilassung zwei Millionen Euro gefordert.

An dieser Stelle tupfte Kampendonk mit einem blütenweißen Taschentuch den Schweiß von der Stirn. »Kleine, nicht registrierte Scheine, und keine Polizei, das war die klare Ansage«, fasste Kampendonk zusammen. Der Bericht hatte ihn Kraft gekostet, das war deutlich sichtbar. Strelitz holte aus seinem Schreibtisch ein Flasche mittelmäßigen Cognac hervor und bot dem Bankier ein Glas an. Kampendonk lehnte dankend ab, er war wohl Besseres gewohnt.

»Ich habe die ganze Nacht darüber nachgedacht, was zu tun ist«, nahm er den Faden wieder auf. »Sehen Sie, ich führe das Bankhaus in dritter Generation und bin es gewohnt, auch in rauer See hart am Wind zu segeln. Aber dies ist einfach nicht meine Welt. Und schließlich habe ich mich entschlossen, die Polizei mit einzubeziehen. Aber ich möchte, dass Sie erst eingreifen und Aktivitäten entwickeln, nachdem die Geldübergabe stattgefunden hat und meine Frau wieder frei ist.«

»Das kann ich verstehen, und ich bin Ihnen dankbar, dass Sie uns bei dieser unerfreulichen Angelegenheit überhaupt in diesem frühen Stadium mit ins Boot genommen haben«, versicherte Strelitz. Er verschwieg, dass sein Kommissariat eigentlich nur für Straftaten zuständig war, die mit Tötungsdelikten im Zusammenhang standen. Da aber die tatsächlich zuständigen Kollegen durch Langzeiterkrankungen und starkem Arbeitsanfall aktuell völlig überlastet waren, war dieser Fall kurzerhand dem Team von Karl-Eberhard Strelitz zugeteilt worden.

»Könnten Sie sich vorstellen, dass wir aber bereits jetzt kriminaltechnische Untersuchungen auf Ihrem Grundstück und in Ihrem Haus vornehmen?«, erkundigte sich Konstanze Kannengießer.

»Nein, auf keinen Fall«, wehrte Kampendonk ab und brachte erneut sein Taschentuch zum Einsatz. »Ich muss davon ausgehen, dass mein Haus unter Beobachtung steht. Selbst die Fahrt hierher war außerordentlich risikobehaftet. Ich habe in der Tiefgarage unseres Bankhauses den Wagen getauscht und hoffe, auf diese Weise unerkannt geblieben zu sein.«

»Dann käme auch die Installation einer Fangschaltung nicht in Frage?«, meldete sich Olaf Knispel zu Wort.

»Nein, auf keinen Fall!«, erwiderte Kampendonk. »Nicht auszudenken, wenn Ihre Mitarbeiter beim Betreten meines Hauses gesehen werden!« Sein Taschentuch erfuhr einen weiteren Arbeitseinsatz.

»Wie viel Personal ist in Ihrem Hause tätig?«, zog Strelitz das Gespräch wieder an sich.

»Wenig«, gab Kampendonk bereitwillig Auskunft. »Frau Bultenkamp ist unsere Hauswirtschafterin – sie ist in dieser Funktion bereits seit über dreißig Jahren tätig und steht außerhalb jedes Verdachts. Ihr Mann ist für das Außengelände zuständig, er wird im Herbst von seinem Sohn unterstützt, der hier an der Bremer Uni Sozialwissenschaften studiert. Für diese Familie lege ich meine Hand ins Feuer!«

Die Kaffeemaschine zeigte mit einem finalen Rülpser an, dass der Kaffee durchgelaufen war. Kampendonk zuckte zusammen. »Ein älteres Gerät, oder?« Er warf einen misstrauischen Blick auf das kleine Kraftwerk, das je nach Tagesform über mehrere Oktaven röcheln, fauchen und gurgeln konnte.

»Ein langjähriger Wegbegleiter«, bestätigte Strelitz und schenkte in der kleinen Runde die Kaffeetassen voll. Dann fasste er nach. »Wann können wir die Familie Bultenkamp befragen?«

Kampendonk vollführte eine abwehrende Geste. »Auch hier gilt: Nicht, bevor ich meine Frau zurück habe!«

Der Kriminalrat beugte sich vor. »Dann sagen Sie mir bitte, warum Sie uns überhaupt informiert haben, wenn wir bis auf Weiteres die Hände in den Schoß legen sollen.«

»Ich möchte, dass Sie schon jetzt mit dem Fall vertraut sind und sich auf die notwendigen Fahndungsschritte einrichten können. Sobald ich meine Frau wieder in Händen halte … ich meine, in die Arme schließen kann, haben Sie freie Hand!«

Kampendonk lehnte sich erschöpft zurück. Mit seinem dunkelblauen Anzug und seinem silberfarbenen Haupthaar, das im Begriff stand, allmählich den Rückzug anzutreten, wirkte er nun wie ein Börsianer, dessen neu erworbenes Aktienpaket gleich nach dem Erwerb einen drastischen Kurssturz erlitten hat.

»Na ja, besser als gar nichts«, fasste Strelitz zusammen. »Sie halten uns auf dem Laufenden, was Übergabe und Freilassung Ihrer Frau betrifft. Wir bewahren Ruhe und legen uns schon mal Strategie und Taktik zurecht.«

Kampendonk erhob sich. »Ich darf Ihnen danken, dass Sie mir mit diesem hohen Maß an Verständnis zur Seite stehen. Ich gebe Ihnen Bescheid, sobald sich die Angelegenheit positiv entwickelt hat, und vertraue im Übrigen Ihrer Zusage, dass Sie nicht vor meinem Signal eingreifen werden. Die Unversehrtheit meiner Frau muss an erster Stelle stehen.«

»Selbstverständlich«, bestätigte Strelitz, klopfte ihm mit der linken Hand auf die Schulter und schüttelte Kampendonk intensiv die Rechte. »Auf uns können Sie sich verlassen.« Er bewegte Kampendonks rechten Arm wie einen Pumpenschwengel und unterstrich so die verschworene Atmosphäre des Gesprächs.

»Das ist gut zu wissen«, seufzte der Bankier und gab, nachdem Strelitz ihn endlich losgelassen hatte, auch Konstanze Kannengießer und Olaf Knispel die Hand. »Frau Kannengießer, ich danke auch Ihnen für das vertrauensfördernde Gespräch«, versicherte er mit einem Anflug von weltmännischem Auftreten und deutete einen Handkuss an. Dann wandte er sich an den jungen Kriminalkommissar. »Auch Ihnen meinen herzlichen Dank, Herr … wie war gleich noch Ihr Name?«

»Knispel«, informierte ihn der Nachwuchsbeamte, »Olaf Knispel!«

»Richtig«, reagierte Kampendonk. »Also, Herr Knispel, Sie werden sicher ebenso entscheidend dazu beitragen, dass die Sache für alle Beteiligten ein gutes Ende nimmt.« Er hielt inne. »Außer für den Entführer natürlich«, brachte er noch einmal Ordnung in seine Gedanken.

Mit festem Schritt und aufrechter Haltung verließ er das Dienstzimmer des Kriminalrates. Nach Kampendonks Abgang gab Strelitz sofort Anweisungen: »Konstanze, Sie bleiben in sicherer Entfernung von Kampendonk und beobachten ihn, ohne in irgendeiner Form einzugreifen. Halten Sie mich bitte ständig über die weitere Entwicklung auf dem Laufenden!«

Konstanze nickte. Vor ihrem geistigen Auge bekam das Wochenende einen dienstlichen Anstrich. Sie würde ihrem Lebensgefährten sagen müssen, dass er wieder einmal ohne sie planen müsse. Wie lange er das noch akzeptieren würde, blieb abzuwarten.

Olaf Knispel machte große Augen. »Aber Chef, wir haben doch zugesagt …«

»Ich weiß, Olaf, ich weiß«, fuhr Strelitz dazwischen, während Konstanze Kannengießer durch die vorsichtig einen Spalt geöffnete Zimmertür spähte, um nicht den Anschluss an ihr Observationsobjekt zu verlieren. »Wir haben Kampendonk zugesagt, nicht einzugreifen, und das werden wir nach Möglichkeit auch nicht tun. Allerdings möchte ich, dass wir in der Nähe sind, falls er in Bedrängnis kommen sollte. Geldübergaben verlaufen nicht immer ganz reibungslos. Und wenn Kampendonk etwas zustoßen sollte, und wir haben von der Entführung gewusst, dann können wir künftig Parkuhren kontrollieren.«

»Trauen Sie denn dem Bankier die nötige Nervenstärke zu, die man für einen solchen Einsatz benötigt?«

»Ihre Sorgen sind begründet«, bestätigte Strelitz. »Der Gute ist ziemlich neben der Spur und befindet sich zweifelsfrei in einem emotionalen Ausnahmezustand. Aber vielleicht bewältigt er gerade deswegen die Situation besser, als wir denken. Auf jeden Fall dürfen wir ihn nicht völlig allein lassen!« Er griff nach der Kaffeemaschine. »Nehmen Sie noch ’n Käffchen, Olaf?«

Konstanze schloss die Zimmertür und machte sich auf den Weg.

Kapitel 4

Sonnabend, 29. Juli, vormittags

Zeitgleich befanden sich Andreas Klapphorn und Franziska Morgenstern auf dem Weg zur Wohnwagensiedlung, um auf ein baldiges Abrücken zu drängen.

Gegen elf Uhr trafen sie dort ein. »Vorher«, hatte Andreas überlegt, »macht es keinen Sinn. Ansonsten würden wir diese autonomen Zeitgenossen vielleicht beim Zubettgehen beobachten können, aber nicht beim Aufstehen.«

Sie bestiegen ihre Räder und begaben sich in den abgelegenen Teil des Kleingartengebietes, in dem selbst Hase und Fuchs grußlos aneinander vorbeigingen. Hier hatte es vor vielen Jahren Straßenverlegungen gegeben, in deren Verlauf ein fast urwaldähnliches Niemandsland zurückgeblieben war. Zu einem kleinen Teil gab es hier tatsächlich noch Privatbesitz mit primitiver Bebauung, aber im Wesentlichen handelte es sich um öffentliches Gelände, das im Schatten von Müllheizwerk und Deponie sicher nicht zu den bevorzugten Wohnlagen der Hansestadt gehörte.

Als sie die Lichtung erreichten, auf der die Bauwagen eine kleine Wagenburg bildeten, sahen sie sofort, dass die Zahl der Besetzer gestiegen war. Menschen gab es nicht zu sehen, aber ein halbes Dutzend Hunde waren zur Stelle und umringten bellend die beiden Radfahrer, bevor diese wieder den Rückzug antreten konnten. Franziska griff in ihre Fahrradtasche und brachte Hundekekse zum Vorschein, die sie mit einer ausladenden Handbewegung unter die Vierbeiner streute.

»Meine Güte«, sagte Andreas nur und warf einen dankbaren Blick auf seine Begleiterin.

Durch das Gebell aufmerksam geworden, zeigten sich jetzt eine Handvoll Gestalten an den Türen einzelner Wohnwagen.

»Hallo, können wir mal reden?«, rief Franziska.

»Und halten Sie bitte Ihre Hunde zurück«, ergänzte Andreas den Wunschzettel.

»Nö!«, sagte eine vielleicht Zwanzigjährige und schloss die Bauwagentür. Andere folgten ihrem Beispiel. Drei Besetzer waren jedoch neugierig genug, um näher zu kommen.

»Moin«, grüßte Franziska. »Moin«, schloss sich Andreas an. Die Antwort bestand aus ein paar gemurmelten Worten, die offenbar nichts mit einem herzlichen Willkommen zu tun hatten.

Ein glatzköpfiger junger Mann schob sich an die Spitze der Delegation. Dem Geruch und der Optik nach zu urteilen, hatten weder Körper noch Kleidung in jüngerer Vergangenheit Wasser oder Seife gesehen. Die Farbe des zerlöcherten T-Shirts war nicht mehr zu erkennen, es spannte sich fleckig und speckig um einen deutlich erkennbaren Bauchansatz und würde nach Franziskas Einschätzung dort irgendwann operativ entfernt werden müssen.

»Mein Name ist Klapphorn«, eröffnete Andreas das Gespräch und wies auf Franziska. »Das ist Frau Morgenstern. Wir sind die Vorsitzenden dieses Kleingartengebietes.«

Über das Gesicht des Glatzkopfs zog ein öliges Grinsen. »Schmidt«, stellte er sich vor und zeigte auf seine beiden Begleiter, »Frau Meier und Herr Schulz.« Er zog geräuschvoll die Nase hoch, spuckte aus und fragte in provokantem Tonfall: »Was gibt's?«

Andreas riss sich zusammen. »Wir hatten Ihnen im Spätherbst des letzten Jahres ein Bleiberecht bis maximal zum ersten April eingeräumt. Jetzt ist Sommer und Sie sind noch da. Auch die Auflage, dass nicht noch mehr Bauwagen kommen dürfen, haben Sie missachtet.«

»Und?«, fragte der Glatzkopf gelangweilt. »Haste 'n Problem damit?«

»Ja, habe ich«, entgegnete Andreas mit fester Stimme.

»Dann sprich mal mit deinem Bewährungshelfer, deinem

Frisör oder deinem Fußpfleger darüber«, mischte sich »Frau Meier« ein – ein eigentlich gut aussehendes Mädchen, das aber alles unternommen hatte, um diesen Eindruck zu verwischen: Rasta-Locken, schmierige Lederjacke, löcherige Jeans und Springerstiefel – die Uniformität der Nonkonformisten, dachte Franziska. Laut sagte sie: »Bewährungshelfer und Frisör wären für Sie sicher auch empfehlenswerte Gesprächspartner.« Sie wollte den Unverschämtheiten der Gegenseite gleich zu Beginn etwas entgegensetzen, um auf Augenhöhe zu bleiben.

»Vorsichtig«, murrte die Angesprochene, nahm aber für den Moment von weiteren Unverschämtheiten Abstand.

»Wir wollen wissen, wann Sie hier abziehen werden«, kehrte Andreas zum Hauptthema zurück.

»Ey, wie soll ich das wissen?«, fragte der Glatzkopf namens Schmidt zurück.

Jetzt meldete sich der Dritte zu Wort – ganz offenbar der Kultivierteste dieses Trios. »Schauen Sie doch bitte mal unseren Fuhrpark an. Einige Wagen sind mit ihren Rädern in diesem nasskalten Winter in den feuchten Untergrund gesunken, und drei oder vier Wagen sind nicht mehr fahrtüchtig. Dass es im Übrigen eine zahlenmäßig überschaubare Zuwanderung gegeben hat, bedauern wir selbst außerordentlich, aber das zu verhindern, lag nicht in unserer Hand.«

»Dennoch hatten wir klare Absprachen«, erinnerte Andreas, »und die müssen bitte jetzt auch von Ihnen eingehalten werden!«

»Und wenn nicht?«, fragte der Glatzköpfige mit einem unverschämten Grinsen.

»Dann werden wir richterliche und polizeiliche Hilfe in Anspruch nehmen!«

Frau Meier wurde verbal ausfallend und bedachte Andreas und Franziska mit einigen zotigen Ausdrücken.

Herr Schulz, der kultivierte Gesprächsteilnehmer, zuckte bedauernd mit den Achseln. »Ich denke, keiner von uns wird hier weggehen können oder wollen. Und mal ganz ehrlich – wir stören hier niemanden, und mit den Eigenland-Leuten«, er wies mit dem Kopf in eine imaginäre Richtung, »kommen wir gut klar. Und ihre Parzellisten sind doch weit entfernt von uns.«

Franziska sah ein, dass ihre Mission scheitern würde. »Sie werden also nicht abziehen?«

»Ey, Alte, du hast es erfasst«, mischte sich »Herr Schmidt« wieder in das Gespräch ein. »Hast ja voll die Peilung, wirklich krass!«

»Komm«, sagte Andreas zu Franziska, »ich hab die Nase voll von diesen Unverschämtheiten. Wir fahren!«

Franziska nickte, und beide traten ohne Abschiedsfloskeln in die Pedalen, um diesen unerfreulichen Ort möglichst schnell zu verlassen. Die Hunde liefen ihnen noch eine kurze Strecke nach, während ihr Rückzug von »Herrn Schmidt« und »Frau Meier« mit Gejohle und Hohngelächter begleitet wurde. Herr Schulze enthielt sich jeglichen Kommentars und beschränkte sich darauf, eine sorgenvolle Miene aufzusetzen.

Kapitel 5

Sonnabend, 29. Juli, vormittags

Claudette Kampendonk schaute sich missmutig in dem kleinen Raum um, in dem man sie seit Freitagnachmittag aufbewahrte. Ihr war schnell klar geworden, dass die Verhaftung inszeniert war. Zunächst war sie nur empört gewesen, als die Kriminalbeamtin ihr tatsächlich Handschellen angelegt und sie auf den Rücksitz des vermeintlichen zivilen Polizeifahrzeugs gedrückt hatte. Aus der Empörung war jedoch Verblüffung geworden, als die »Beamtin« ihr eine Kapuze über den Kopf gezogen hatte. Im gleichen Moment war ihr klar geworden, dass ihre Situation nun ungemütlich wurde und es nicht mit rechten Dingen zuging.

Die Kapuze nahm ihr jede Sicht und hielt auch Geräusche von ihr fern, ließ ihr aber genügend Luft zum Atmen. Sie beschloss, erst einmal keinen Widerstand zu leisten, zumal ein solcher Versuch in ihrer aktuellen Situation auch aussichtslos gewesen wäre. Sie hatte noch wahrnehmen können, dass die Scheiben des Fahrzeuges, in das man sie verbracht hatte, getönt waren. Also gab es keine Hoffnung, dass Unbeteiligte auf sie aufmerksam werden würden. Nach einer Dreiviertelstunde Fahrt, die sie vom Streckenverlauf her überhaupt nicht zuordnen konnte, erreichten sie ihr Ziel. Sie wurde aus dem Fahrzeug gezogen und stieß dabei mit dem Kopf an den oberen Türrahmen. Dann wurde sie von den beiden angeblichen Kriminalbeamten – so vermutete sie jedenfalls – in die Mitte genommen und nach ein paar Schritten in ein Haus geführt. Dort ging es eine Treppe abwärts. Eine Tür gab knarrend den Weg frei und sie wurde vorwärtsgeschoben. Zu ihrer Überraschung wurden im nächsten Moment die Handschellen hinter ihrem Rücken gelöst und die Tür von außen verriegelt; Schritte entfernten sich hastig.

Claudette Kampendonk wartete ein paar Momente, um dann die Kapuze vom Kopf zu ziehen. Was sie nun sah, war nicht gerade ermutigend: ein weiß getünchter Raum von vielleicht 20 Quadratmetern, bis auf ein Camping-Klo und eine Matratze, auf der eine Wolldecke lag, völlig leer geräumt. Die weiteren Rahmenbedingungen ihres Verlieses hatte sie schnell registriert: Unter der niedrigen Decke sorgte eine nackte Glühbirne für Beleuchtung. Die Tür war nicht zu öffnen. Dafür gab es einen Lichtschacht, der offenbar nach draußen führte, aber derzeit mit einem Deckel verschlossen war.

Eine solche Immobilie, dachte sie sarkastisch, würde niemals Teil ihres Sortiments sein; ihre Kundschaft hatte eindeutig höhere Ansprüche. Auch ihre eigenen Vorstellungen von Behaglichkeit und Wohnkomfort wichen ziemlich stark von ihrer jetzigen Unterbringung ab.

Immerhin konnte sie sich frei bewegen, und es hatte sich erwiesen, dass der Licht – und Luftschacht ihre Verbindung zur Außenwelt darstellte. In regelmäßigen Abständen wurde der Deckel entfernt und ihre Entführer ließen Mahlzeiten herab.

Inzwischen war ihr klar geworden, dass sie tatsächlich das Opfer einer Entführung war, so unwirklich ihr diese Vorstellung auch erschien. Sie hatte sich zwar mit der Situation arrangiert, aber das Zeitgefühl war ihr zunächst abhanden gekommen. Irgendwann erhielt sie über den Schacht einen Jogginganzug und frische Unterwäsche abgeseilt, dazu einen Roman sowie ein kleines batteriebetriebenes Radio, das ihr die zeitliche Orientierung erleichterte.

Eine Unterhaltung mit ihren Entführern war nicht möglich, obwohl sie hinter der Tür mitunter Gesprächsfetzen hörte. Ein Mann und eine Frau – vermutlich die beiden Personen, von denen sie »verhaftet« worden war – redeten mit gedämpfter Stimme, und manchmal stritten sie auch. Dann gab es wiederum Phasen, in denen Geräusche, aber keine Stimmen zu hören waren. Claudette vermutete, dass dann nur eine Person über sie wachte. Und manchmal war es völlig ruhig – dann schien sie allein zu sein.

Sie versuchte, sich den weiteren Gang der Dinge vorzustellen. Zweifellos ging es um Lösegeld. Das sollte für eine Bank kein Problem sein, dachte sie. Zwar sprach ihr Mann nie über Geschäftliches, aber man durfte annehmen, dass das Traditionshaus Kampendonk auf sicheren Füßen stand. Nach der Lösegeldzahlung kam dann ihr Part. Entweder ließ man sie frei, oder – das war ihr völlig klar – sie würde dieses Abenteuer nicht überleben.

Zuversichtlich stimmte sie die Tatsache, dass sich ihre beiden Entführer nicht zeigten. Das könnte heißen, dass sie vielleicht schon bald frei komme, so hoffte Claudette jedenfalls. Allzu lange durfte ihre Gefangenschaft auch nicht mehr dauern, denn sonst würde es ein Problem mit dem Camping-Klo geben, dachte sie, schaltete das Radio an, setzte sich auf die Matratze und griff sich das Buch, die »Blechtrommel« von Günther Grass.

Kapitel 6

Sonnabend, 29. Juli, nachmittags

Am Nachmittag kam der Kleingartenvorstand zusammen, damit Andreas und Franziska über den unerfreulichen Besuch bei den Besetzern berichten konnten. »Wir sind nicht so recht weitergekommen«, räumte Andreas ein. »Ganz offenbar sind die Besetzer darauf aus, den jetzigen Zustand zu verfestigen.«

»Das können wir uns nicht bieten lassen«, erklärte Sebastian Baumgarten empört und schlug mit der flachen Hand auf den Tisch. Ursula Brettschneider brachte ihre Kaffeetasse, die direkt neben dem Aufschlagpunkt stand, in Sicherheit.

»Ich denke auch, dass es so nicht weitergeht«, meinte sie mit wichtigem Gesichtsausdruck. »Da muss die Polizei mal dringend aufräumen!«

»Andererseits stören die keinen, sind weit weg vom Schuss und verhalten sich unauffällig, auch wenn uns diese Lebensform fremd erscheinen mag«, gab Franziska zu bedenken.

Aus der Runde erhob sich Widerspruch. Einer der Beisitzer sprach von einem Sicherheitsrisiko, ein anderer befürchtete, dass die Frauen des Vereins nicht mehr ohne Angst durch die Gartenwege gehen könnten.

Andreas schloss das Thema ab. »Ich hab von diesen Paradiesvögeln zwar noch niemanden in unseren Wegen gesehen, aber bevor wir hier den Untergang des Abendlandes heraufbeschwören, nehme ich als Meinungsbild mit, dass wir uns jetzt an die Polizei wenden und auch die Lokalpolitik einbinden. Ist das in eurem Sinne?«

Zustimmendes Gemurmel und Kopfnicken. Rudi Klingebiel, der gerade eine neue Kanne Kaffee hereinreichte, hatte den letzten Wortwechsel mitbekommen und unterstrich den dringenden Handlungsbedarf. »Wird Zeit, dass jemand die Herrschaften in ihren Bauwagen abräumt!«, erklärte er.

»Ach komm, nur weil die nicht bei dir einkehren«, winkte Andreas ab. »Wären die bei dir Stammgäste, würdest du jetzt eine flammende Rede über ›Leben und leben lassen‹ halten«, meinte er augenzwinkernd.

»Solche Stinkstiefel kämen mir nicht in die Gaststube«, verwahrte sich Rudi.

Franziska fühlte sich zunehmend unbehaglich und brachte dies in einem längeren Redebeitrag zum Ausdruck: Zum einen habe sie das Auftreten der drei Protagonisten ebenfalls als indiskutabel empfunden, andererseits könne sie mit der aufgeheizten Stimmung im Hinterzimmer des Landheims auch nichts anfangen. Aber eines bliebe ihrer Ansicht nach unbestreitbar: Man habe Ende letzten Jahres eine klare Verabredung über die Verweildauer getroffen. Diese Entscheidung habe im Vorstand nur eine knappe Mehrheit gefunden. Die Vereinsmitglieder hatte man damals jahreszeitbedingt gar nicht befragt – wohlwissend, dass eine Abstimmung sicherlich eine breite Ablehnung zum Ergebnis gehabt hätte. Bevor aber wieder Leben in das Kleingartengebiet einkehren würde, sollte der Spuk vorbei sein. Das sei zumindest das Kalkül der Vorstandsmitglieder gewesen.

Nun zeige sich, dass man doch recht blauäugig an die Sache herangegangen war. Die Aussteiger-Szene fühle sich offenbar in keiner Weise an die Verabredungen mit dem Vorstand gebunden, sondern mache ihr eigenes Ding – das anscheinend außerhalb jeglicher Normen und Werte lag. Und in diesem Punkt müsse Franziska dem Vorstand Recht geben – wenn es keinen verlässlichen Umgang mit diesen autonomen Kräften geben könne, müsse man Wege finden, die getroffenen Verabredungen durchzusetzen.

Wieder gab es zustimmendes Gemurmel.

Andreas war Franziska für diese etwas differenziertere Sichtweise dankbar. »Wir werden kommende Woche das Gespräch mit dem Revier aufnehmen«, erklärte er und klappte seine Mappe mit den Sitzungsunterlagen zu.

Kapitel 7

Sonntag, 30. Juli, spätnachmittags

Bankier Carl-Gustav Kampendonk hatte bereits ruhigere Sonntage verbracht. Er saß in seiner Nobelvilla in dem ererbten Lieblingssessel und schaute unentwegt auf seine Rolex, die schwer am linken Handgelenk hing. Der Zeitpunkt der Geldübergabe kam näher und ihm war ausgesprochen unwohl. Er hatte in seinem Leben manche finanzielle Transaktion vollzogen, die Nervenstärke und ein gewisses Maß an Kaltschnäuzigkeit verlangten. Die vor ihm liegende Aufgabe ging aber deutlich über die Prüfungen hinaus, denen er sich als Chef eines traditionsreichen Bankhauses von Zeit zu Zeit ausgesetzt sah. Die geforderte Menge Geld hatte er trotz der Kürze der Zeit verfügbar machen können. Es befand sich in einem Metallkoffer, der neben dem Sessel stand und über ein fünfstelliges Zahlenschloss verfügte, über dessen Einstellung er sich mit den Entführern verständigt hatte.

Um 17 Uhr ertrug Kampendonk die sitzende Position nicht mehr und begann, in seinem Salon auf und ab zu gehen. Er war allein im Haus – das Personal würde erst wieder am morgigen Tag den Dienst aufnehmen. Der Bankier unterbrach seine Wanderschaft und spähte durch die Gardine eines der ausladenden Fenster. Er war sicher, dass die Polizei seine Schritte seit dem Gespräch bei Kriminalrat Strelitz überwacht hatte. Er hoffte jedoch, dass es kein vorzeitiges, unüberlegtes Eingreifen geben würde.

Kampendonk nahm den Rundgang durch den Salon wieder auf, betrachtete die gewaltige Standuhr in der Bibliothek, überlegte, wann er zum letzten Mal ein Buch gelesen hatte, hielt vor seinem gut gesicherten Schrank mit den Jagdwaffen an und wechselte schließlich ins Billardzimmer. Er versuchte, sich dort mit einigen Stößen abzulenken, aber ohne Erfolg. Missmutig stellte er seinen Queue in den Ständer zurück und ging zum sicherlich hundertsten Mal die einzelnen Schritte durch, die vor ihm lagen. Er hatte mit den Entführern unmissverständliche Absprachen über Ort, Zeitpunkt und Abwicklung der Geldübergabe getroffen.

Schließlich war es soweit. Kampendonk zog einen leichten, hellen Sommermantel über, steckte sein Handy ein und griff nach dem Koffer. Er bestieg seinen Mercedes – ein tadellos gepflegtes Modell aus den 1960er-Jahren, in dem schon sein Vater zu Geschäftsterminen gefahren war. Nur dass es sich dabei nicht um Entführungen gehandelt haben wird, dachte Kampendonk grimmig, lagerte den Koffer auf dem Beifahrersitz und fuhr in verhaltenem Tempo von seinem Grundstück auf die Straße. Eine halbe Stunde später war er am Hauptbahnhof angekommen, stellte den Wagen auf der Bürgerweide ab und begab sich zu Bahnsteig zwei. Dort, so lautete sein Auftrag, sollte er den Zug nach Delmenhorst besteigen. Abfahrt 21.10 Uhr.

Kampendonk blickte wieder und wieder auf seine Uhr. 21.09, und vom Zug war weit und breit nichts zu sehen. Der Bankier studierte die ausgehängten An- und Abfahrzeiten.

»Das einzig Zuverlässige an diesen Plänen ist die Tatsache, dass die Züge zu den dort angegebenen Zeiten mit Sicherheit nicht am Bahnsteig stehen werden«, murmelte Kampendonk.

In diesem Moment vermeldete eine Bahnsprecherin per Lautsprecherdurchsage im Bremer Hauptbahnhof: »Der Nahverkehrszug nach Delmenhorst, Abfahrzeit 21.10 Uhr, wird heute …« Der Rest ging in einer ohrenbetäubenden Geräuschkulisse unter, die von einem auf Gleis fünf ankommenden Güterzug erzeugt wurde. Kampendonk blickte abermals auf seine Uhr und suchte nach einem Bahnbediensteten.

Kapitel 8

Sonntag, 30. Juli, nachmittags/abends

Konstanze Kannengießer hatte an diesem Sonntag um 14 Uhr den Kollegen Olaf Knispel von seinem Beobachtungsposten abgelöst. Es gab schräg gegenüber der Kampendonkschen Villa eine Einfahrt, die zu einem derzeit offenbar unbewohnten Haus führte. Die Besitzer waren vermutlich in sonnigeren Gefilden unterwegs. Die an allen Fenstern heruntergelassenen Rollläden zeugten von der momentanen Ortsabwesenheit.

Dichter Baumbestand am Straßenrand sorgte für einen guten Sichtschutz des Fahrzeugs. Strelitz hatte seinen BMW zur Verfügung gestellt – mit dem zivilen Dienstfahrzeug wäre man – so seine Vermutung – in dieser Nobelgegend zweifellos sofort aufgefallen.

Als der Bankier endlich aufbrach, nahm Konstanze Kannengießer in gebührendem Abstand die Verfolgung auf und hielt per Handy ihren Chef auf dem Laufenden. Mit ungutem Gefühl sah sie Kampendonk schließlich auf die Bürgerweide fahren. Hier hatte sie schon einmal eine Zielperson aus den Augen verloren – allerdings war es damals dunkel gewesen, während es heute trotz der vorgerückten Tageszeit noch hell war. Sie folgte dem Bankier in angemessenem Abstand.

»Wir sind jetzt am Hauptbahnhof, Chef, und jetzt geht er die Treppe zum Bahnsteig zwei rauf«, sorgte Konstanze für aktuelle Wasserstandsmeldungen. »Er ist sehr nervös und schaut dauernd auf die Uhr. Er trägt einen Koffer bei sich, wahrscheinlich mit dem Lösegeld.«

»Nein, Konstanze, da wird er seine Vierfruchtmarmelade drin haben«, grantelte Strelitz, »behalten Sie ihn im Auge!«

»Natürlich behalte ich ihn im Auge«, gab Konstanze verärgert zurück. »Ich gehe jetzt die zweite Treppe rauf, damit er mich nicht gleich sieht. Hier ist nämlich im Moment nicht viel los.«

»Schnack nich, mach!«, kommandierte Strelitz. Er war bei solchen Einsätzen grundsätzlich schlecht gelaunt, weil er wusste, dass er den körperlichen Anforderungen solcher Aktionen nicht mehr gewachsen war. Das hatte er erst im vergangenen Jahr erfahren müssen, als er bei einem Zugriff beinahe vor einem ICE gelandet wäre. Olaf Knispel hatte ihn noch rechtzeitig weggezogen. Seitdem beschränkte er sich auf die Übernahme der Einsatzkoordinierung, ohne dass er dabei Zufriedenheit empfand.

»Beim nächsten Mal werde ich wieder mit vor Ort auflaufen«, schwor er sich und warf einen angewiderten Blick auf die Kaffeemaschine in seinem Dienstzimmer. Er hatte sie unlängst auf den Namen Rudolf getauft, weil sie wie ein Rentier röhren konnte. Im Moment hatte Rudolf allerdings Atempause, weil Strelitz seinen Kaffee nur in Gesellschaft trank.

»Sind Sie auf dem Bahnsteig?«, erkundigte er sich bei Konstanze, hörte aber nur einen alles überlagernden Lärm, der ihm selbst durch das Handy unerträglich vorkam. Das muss ein Güterzug sein, dachte er bei sich und wartete ungeduldig, dass das Getöse abebbte.

Dann war wieder ein Gespräch möglich. »Tut mir leid, Chef, das war ein Güterzug«, meldete sich Konstanze.

»Oh – gut, ich dachte schon, Sie seien zum Flughafen gewechselt«, ließ sich Strelitz vernehmen. »Wo ist Kampendonk jetzt?«

»Er spricht mit einem Bahnbeamten und ist offenbar sehr aufgeregt. Jetzt läuft er die Treppe hinunter! Ich muss hinterher, Chef!«

»Ja, machen Sie, bleiben Sie dran«, erteilte Strelitz seinen Segen.

Konstanze hastete die zweite Treppe hinunter. Sie sah, dass Kampendonk in einem für sein Alter sicher unbekömmlichen Tempo zur Treppe des Bahnsteigs drei eilte und erneut treppaufwärts stürmte.

Meine Güte, dachte Konstanze, wird das jetzt eine Geländeübung oder was? Das würde Kampendonk doch nicht mehr lange durchhalten!

Sie bewegte sich gut durchtrainiert mit leichten Schritten die andere Treppe hinauf.

Am Bahnsteig lief gerade ein Zug ein, allerdings nicht die blau-weiß gestrichene NordWestBahn, sondern ein Ersatz. Als er zum Stehen kam, stürzte Kampendonk zu einer Wagentür, die sich in unmittelbarer Nähe öffnete. Dabei kollidierte er mit zwei jüngeren Herren.

»Hallo, erst aussteigen lassen«, mahnte ihn einer der beiden. Der Zweite verschärfte den Ton mit einem: »Nu mal langsam, Opa!«

»Chef, er steigt in den Zug nach Delmenhorst!«, verkündete Konstanze.

»Scheiße!« Strelitz wurde direkt, weil er ahnte, wie die Geldübergabe vonstatten gehen würde. »Steigen Sie mit ein, Konstanze«, instruierte er seine Kollegin.

Der Zug setzte sich nach kurzem Aufenthalt in Bewegung – mit Kampendonk, dem Koffer und Konstanze Kannengießer an Bord.

Konstanze hatte es einrichten können, im gleichen Wagen wie der Bankier Platz zu nehmen, ohne dass er sie sah. Er schien für seine direkte Umgebung keinen Blick zu besitzen – sein Blick wanderte zwischen Koffer, Handy und Armbanduhr.

Nach nicht allzu langer Fahrtzeit hielt er das Handy an sein Ohr, nickte, stand auf und schob das Fenster nach unten.

Eine fast gleichaltrige Dame wie er sah von ihrem Buch auf. »Das ist nicht Ihr Ernst, oder? Bitte schließen Sie augenblicklich das Fenster!«

»Einen Moment«, erwiderte der Bankier. Er nahm seinen Koffer und warf ihn durch die obere, offene Fensterhälfte.

Die Dame sah ihn sprachlos an. Dann fasste sie sich und merkte an, dass es in ihren Augen völlig gereicht hätte, wenn er das Fenster wieder geschlossen hätte.

»Sofort, Gnädigste«, antwortete Kampendonk, deutete eine Verbeugung an und schob das Fenster wieder hoch. Dann setzte er sich.

Drei Sitzbänke dahinter wollte Strelitz den aktuellen Stand der Dinge wissen.

»Es ist gelaufen, Chef«, meldete Konstanze.

»Was ist gelaufen?«

»Er hat die Vierfruchtmarmelade aus dem Fenster geworfen«, gab sie bissig zurück.

Einen Moment Schweigen. Dann wieder Strelitz: »In welcher Höhe sind Sie jetzt?«

»Wir sind eben durch das Kleingartengebiet gefahren. Sie wissen schon, wo wir im letzten Jahr so viel Freude hatten. Und jetzt sind wir kurz vor der Weser. Moment, Kampendonk steht schon wieder auf. Er öffnet noch einmal das Fenster … und jetzt wirft er sein Handy raus! Direkt in die Weser!«

Die Dame gegenüber von Kampendonk blickte ihn interessiert an. »Sagen Sie, war's das jetzt? Oder haben Sie noch mehr vor? Dann setz ich mich nämlich woanders hin!«

Kampendonk schloss erneut das Fenster, nahm wieder Platz und versicherte, dass nun Ruhe einkehren werde. »Außerdem steige ich in Delmenhorst aus!«

»Versprochen?«, fragt die Dame und nahm, als Kampendonk treuherzig nickte, wieder ihre Lektüre auf.

Derweil wies Strelitz seine Kollegin an, Kampendonk weiter zu beobachten. »Ich will wissen, was er als Nächstes tut«, erklärte er seiner Kollegin.

Kapitel 9

Sonntag, 30. Juli, abends

Hermann Schilling, der rechte Nachbar von Franziska Morgenstern, nahm die Hundeleine in die Hand. Dackel Friedhelm trottete auf ihn zu. Er wusste, dass es Zeit für den abendlichen Spaziergang und eine letzte Blasenentleerung war.

Hermann klinkte die Leine an Friedhelms Halsband ein – ein Vorgang, der durchaus risikobehaftet war, denn je nach Tagesform konnte es schon vorkommen, dass Friedhelm nach Hermanns Hand schnappte. Heute Abend aber war der Dackel mit sich im Reinen. Das ungleiche Paar begab sich auf den Rundgang, dessen Streckenverlauf bereits seit langer Zeit keine Änderungen mehr erfahren hatte. Den Himbeerweg hinauf zum Fliederbeerweg, vorbei am Landheim, bis hin zum Bahndamm, der im letzten Jahr, als sich die Ereignisse in diesem ansonsten betulichen Milieu plötzlich überschlugen, eine Rolle gespielt hatte, dann über den Brombeerweg wieder zurück.

Hermann und Friedhelm waren beide in einem Lebensabschnitt, in dem sich Faktoren wie Zufriedenheit und Wohlbefinden nicht zuletzt aus den kleinen, zuverlässig wiederkehrenden Ritualen des Alltags ableiten ließen. Änderungen im Programm oder gar das Infragestellen des Programms daselbst waren verzichtbare Vorgänge, die allenfalls zu erhöhtem Puls oder gestörter Verdauung führten. So bewegten sich beide in der allmählich anbrechenden Dämmerung auf vertrautem Weg. Böse Zungen im Landheim hatten schon behauptet, dass sich Gangart und Gesichtsausdruck von Hund und Herrchen einander zunehmend angleichen würden.

Auch an diesem Abend schien alles im Lot zu sein: Friedhelm nahm an jeder Ecke Witterung auf und schnüffelte intensiv an Hecken und Zaunpfählen, um festzustellen, dass hier wieder die üblichen Verdächtigen ihre Marken gesetzt hatten. Hermann freute sich an einem prächtigen Sonnenuntergang, bei dem die Hauptdarstellerin die Bühne bereits verlassen hatte, nicht ohne an einigen Schönwetterwolken ein brillantes Farbenspiel entzündet zu haben. Er beschloss, wie jeden Abend noch ein Bier im Landheim zu nehmen. Vielleicht auch zwei.

So waren sie am Bahndamm angekommen – jenem Ort, an dem Friedhelm traditionell allabendlich etwas länger anhielt. Hermann blieb stehen, um Friedhelm eine ungestörte Blasenerleichterung zu ermöglichen. In diesem Moment kam ein Zug, dessen Betriebslärm die friedliche, abendrotgesättigte Atmosphäre in Frage stellte. Für Hermann aber kein Grund zur Aufregung – was kommt, geht auch wieder, dachte er sich.

Diesmal lag er mit seiner Lebensweisheit jedoch daneben, denn während der Zug sich tatsächlich nach sekundenschneller Durchfahrt mit abschwellender Geräuschentwicklung entfernte, blieb etwas zurück, dass Hermann knapp verfehlte und den Dackel beinahe erschlagen hätte. Ein Aktenkoffer kam wie aus dem Nichts den Bahndamm heruntergepoltert, vollzog einen gewaltigen Salto und blieb liegen, wobei Hund samt Herrchen nur knapp verfehlt wurden.

Hermann betrachtete verdattert den Aktenkoffer, der am Fuß der Bahndammböschung hart aufgeschlagen war, und hatte Mühe, das Geschehene einzuordnen. Er gehörte zweifelsfrei nicht zu denen, die permanent Denksportaufgaben bewältigten und schon gar nicht um diese Tageszeit. Friedhelm bellte zuerst heftig und beschnupperte danach den Koffer, fand ihn aber geruchstechnisch nichtssagend. Hermann nahm das aus dem Nichts in sein Leben getretene Gepäckstück hoch und betrachtete es von allen Seiten. Es schien ausgesprochen stabil zu sein und war – dem Gewicht nach zu schließen – nicht leer. Einen Eindruck über den

Inhalt konnte Hermann sich indes nicht verschaffen, denn ein fünfstelliges Zahlenschloss versperrte den Zugang für Unbefugte. Dass Hermann zu diesem Personenkreis zählte, war selbst ihm klar.

Er versuchte, eine Struktur in die Unordnung seiner kleinen Gedankenwelt zu bringen. Dabei blickte er vom Koffer auf den Bahndamm und meinte halblaut: »Der muss ja wohl aus dem Zug gefallen sein.« Mit der freien Hand über den Augen schaute er in die Richtung, in der der Interregio verschwunden war. Offenbar rechnete er damit, dass die Bahn jeden Moment zurückkommen würde, um das verloren gegangene Gepäckstück wieder einzusammeln. Aber das kam für ihn überhaupt nicht in Frage – Herman wusste, dass er Anspruch auf Finderlohn hatte, und allein der Koffer schien ihm schon von einem nicht unerheblichen Wert zu sein. Wer wusste schon, was über den Kofferinhalt noch hinzukommen würde?

Hermann beschloss, den Ort des Geschehens unverzüglich zu verlassen und auch das Landheim zu meiden – dort saßen ohnehin nur lauter Klugmeier, die ihm allenfalls in diese Geschichte reinreden würden. Und am Ende stünde er ohne Koffer und ohne Trinkgeld – nein, berichtigte er sich – ohne Finderlohn da.

So begab sich Hermann, der nun keinen Blick mehr für das grandiose Abendrot übrig hatte, mit zügigen Schritten auf den Heimweg – entschieden zu schnell für Friedhelm, der noch kurz versuchte, an seinem Ende der Leine Widerstand zu leisten. Vergeblich.

Kapitel 10

Sonntag, 30. Juli, abends

Es gab an diesem Abend weitere Personen, die kein Interesse an der farbenfrohen Abschiedsvorstellung des Himmels hatten. Dazu gehörte Bankier Kampendonk, der in Delmenhorst ausstieg und mit dem Gegenzug wieder in Richtung Bremen Hauptbahnhof fuhr. Auch Konstanze Kannengießer, die ihm bis zur Bürgerweide und von dort zu seiner heimatlichen Villa folgte, hatte keinen Blick für das beeindruckende Schauspiel, mit dem der Tag den Rückzug antrat. Gleiches galt für Kriminalrat Strelitz, der von Konstanze minutiös auf dem Laufenden gehalten wurde. Und vor allem galt das Desinteresse an dem stimmungsvollen Himmelsgewölk für jene dunkel gekleidete Person, die kurz nach dem Abgang von Hermann und Friedhelm die Szene betrat und intensiv, aber letztlich erfolglos den Bahndamm absuchte.

Carl-Gustav Kampendonk wirkte angegriffen, als er den häuslichen Salon betrat. Er ging zur Hausbar, goss sich einen Remy-Martin ein und setzte sich neben das Festnetz-Telefon. Dort wartete er über eine Stunde auf eine Nachricht der Entführer. Es war fast Mitternacht, als endlich das Telefon klingelte. Es waren die Entführer. Aber ihre Nachricht entsprach nicht der beiderseits erhofften Erfolgsmeldung.

Zur gleichen Zeit bekam Konstanze die Order, die Observierung abzubrechen.

»Da passiert heute nichts mehr«, erklärte Strelitz, »Konstanze, fahren Sie nach Hause und seien Sie morgen gegen zehn Uhr wieder im Dienst. Ich denke, dass Herr Kampendonk zu uns kommen wird, um hoffentlich von der Freilassung seiner Frau zu berichten. Das wäre dann der Zeitpunkt, an dem wir auch offiziell einsteigen können.«

Kapitel 11

Sonntag, 30. Juli, abends

Hermann hatte den Koffer auf seinen Kleiderschrank gelegt. Dann war er mit Friedhelm noch auf einen Schlummertrunk ins Landheim gegangen, was zu einem missbilligenden Blick von Friedhelm geführt hatte. Das war eindeutig die falsche Reihenfolge und brachte das übliche Programm durcheinander. Friedhelm schüttelte sich zwar, entschied aber wohl, diesmal keinen Widerstand zu leisten. Sein Energiehaushalt für diesen Tag war aufgebraucht. Was konnte man schließlich von einem fast 13 Jahre alten Rauhaardackel erwarteten?

Als der Rückweg beginnen sollte, stellte er sich schlafend, mit dem Erfolg, dass Hermann ihn nach Hause trug. Im Landheim hatte Hermann kaum geplaudert, rein gar nichts über den aufdringlichen Koffer gesagt.

Kapitel 12

Montag, 31. Juli, morgens

Konstanze hatte sich am Folgetag gerade zum Dienst eingefunden und ihrem Vorgesetzten sowie dem Kollegen Knispel noch einmal die wesentlichen Dinge des Vorabends berichtet, als Bankier Kampendonk das Dienstzimmer des Kriminalrates betrat.

Strelitz sprang auf, ging ihm mit ausgestreckter Hand entgegen und begrüßte ihn mit einem leutseligen: »Mein lieber Herr Kampendonk – schön, Sie zu sehen. Wie ist die Gefechtslage?«

»Desaströs«, kam die prompte Antwort des schwer atmenden Kampendonk. »Aber Guten Morgen erst einmal«, grüßte er in die Runde.

Konstanze war ebenfalls aufgesprungen und half ihm aus seinem Sommermantel. Strelitz nötigte ihn, Platz zu nehmen.

»Erzählen Sie«, bat er und gab Olaf Knispel die Anweisung, Rudolf anzustellen.

»Rudolf?« Der Bankier blinzelte irritiert.

»Rudolf ist unsere Kaffeemaschine«, beruhigte ihn Strelitz. »Erzählen Sie, was hat sich ereignet? Geht es Ihrer Frau gut?«

»Das will ich hoffen«, stöhnte Kampendonk, »obwohl ich nach dem augenblicklichen Stand der Dinge keineswegs sicher sein kann.«

Rudolf widmete sich mit verhaltenem Gurgeln seinem Arbeitsauftrag.

Kampendonk nahm den Faden wieder auf. »Ich hatte für gestern Abend von den Entführern Anweisung bekommen, mit dem Geld in den Zug nach Delmenhorst zu steigen.

Doch gab es schon im Hauptbahnhof Probleme mit der Abfahrtzeit, und der Bahnsteig wurde auch noch gewechselt. Aber schließlich bin ich in den richtigen Zug gestiegen.«

»Wann war das?«, fragte Kampendonk scheinheilig.

»Offiziell war die Abfahrtzeit um 21.10 Uhr. Der Zug hatte ein bisschen Verspätung. Also ich denke, so gegen Viertel nach neun sind wir aus dem Bahnhof gefahren. Ich hatte mein Handy dabei, um weitere Anweisungen zur Abwicklung der Geldübergabe zu empfangen.«

»Und die kamen dann auch?«

»Ja, mir wurde nämlich aufgetragen, dass ich den Koffer aus dem Zugfenster werfen solle. Das stellen Sie sich bitte mal vor, Herr Kriminalrat, aus dem fahrenden Zug! Die Dame mir gegenüber war ziemlich erstaunt.«

»Das glaube ich gern«, meinte Strelitz. »Haben Sie draußen jemanden erkennen können? Personen, die auf den Abwurf warteten, oder ein Fahrzeug?«

»Nein – stattdessen musste ich kurz darauf das Fenster erneut öffnen und auf Anweisung der Entführer mein Handy in die Weser werfen. Die Dame hat vielleicht geguckt. Ich habe ihr versprochen, keine weiteren Gegenstände aus dem Fenster befördern zu wollen und in Delmenhorst auszusteigen.«

»Aber das klingt doch bis dahin ganz gut«, warf Strelitz ein.

»Ja, bis dahin sicherlich. Abgesehen davon, dass ich mein neues Handy ins Wasser und zwei Millionen Euro auf den Bahndamm geworfen habe, war soweit alles in Ordnung, wenn man diesen Begriff für solche Vorgänge überhaupt verwenden darf. Ich bin dann mit dem Gegenzug nach Bremen zurückgefahren, auf der Bürgerweide in mein Auto gestiegen und habe schließlich zu Hause auf weitere Instruktionen gewartet – vor allem hinsichtlich der Freilassung meiner Frau.«

»Und gab es einen Anruf?«, erkundigte sich Konstanze Kannengießer.

»Ja, den gab es. Gegen Mitternacht haben sich die Entführer gemeldet. Aber nicht, um mir Ort und Zeitpunkt der Freilassung meiner Frau zu nennen.«

»Sondern?«, fragte Strelitz gespannt.

»Sie haben mir mitgeteilt, dass sie das Lösegeld nicht gefunden hätten.«

Rudolf röchelte. Der Kaffee war fast durchgelaufen. In Strelitz Dienstzimmer herrschte für einen Moment Schweigen.

»So eine Scheiße!«, ließ sich Strelitz schließlich vernehmen.

»Eine etwas drastische Formulierung, aber im Grundsatz schließe ich mich Ihrer Bewertung an«, bestätigte Kampendonk. Er war offenbar um die Qualität des Dialogs besorgt.

»Entschuldigung«, sagte Strelitz prompt. »Das ist mir so rausgerutscht.«

»Ich denke, Sie haben die Gesamtsituation zutreffend beschrieben«, winkte Kampendonk ab. »Man ist wirklich versucht, in die Fäkalsprache abzugleiten.« Er zog den von Strelitz eingeschenkten Kaffee zu sich heran und gab ein paar Tropfen Kondensmilch dazu.

»Und was heißt das jetzt für uns? Müssen wir uns weiter zurückhalten?«, schaltete sich Konstanze Kannengießer ein. »Und vor allen Dingen – gibt es neue Anweisungen von den Entführern?«

»Erstens ja, zweitens nein«, entgegnete der Bankier und nahm vorsichtig einen Schluck aus der Kaffeetasse. »Ja, Sie müssen bitte weiter im Hintergrund bleiben, und nein, die Entführer haben angekündigt, sich wieder zu melden.« Dann setzte er hinzu: »Ich hatte Mühe, überzeugend darzustellen, dass ich mich an die vorgegebenen Spielregeln gehalten habe.«

»Im Hintergrund bleiben ist ja schon mehr als gar nichts tun«, übernahm Strelitz das Wort. »Bislang haben wir völlig stillgehalten. Wie ist denn Ihre Einschätzung: Wollen die Entführer noch mehr Geld, oder glaubt man Ihnen, das die Lösegeld-Übergabe tatsächlich schiefgegangen ist?«

Kampendonk dachte kurz nach. »Ich vermute, dass mir geglaubt wird, dass ich tatsächlich den Koffer geworfen habe. Sonst hätte es sofort eine neue Forderung gegeben. Das ist bislang aber nicht der Fall.«

»Dann werden wir zunächst verdeckt und unauffällig aktiv«, beschied Strelitz den von offensichtlicher Sorge gezeichneten Bankier. »Wir beginnen damit, im Kleingartengebiet, also in einem engeren Radius der Abwurfstelle des Koffers, herauszufinden, was aus dem Koffer geworden ist. Er könnte in falsche Hände gelangt sein. Irgendjemand muss schneller gewesen sein als die Entführer.«

»Oder der Koffer liegt irgendwo in der Botanik«, überlegte Olaf Knispel laut.

Kampendonk sah ihn fragend an.

»Naja, irgendwo unter Büschen, Hecken, Sträuchern – was eben am Bahndamm wächst«, verdeutlichte Knispel seine Überlegungen.

Kampendonk wurde lebendig. »Dort können Sie aber bitte jetzt noch nicht suchen. Wir müssen doch annehmen, dass die Entführer den infrage kommenden Streckenabschnitt selbst wieder und wieder absuchen werden, und es wäre wenig hilfreich, wenn man den Eindruck hätte, dass die Polizei ebenfalls das Gelände inspiziert.«

»Keine Sorge«, beschwichtigte Strelitz den leidgeprüften Gesprächspartner. »Wir werden uns nur im Landheim umhören, die Stimmung einfangen und unsere Schlüsse ziehen. Sie müssen wissen, dass wir dort einige gute Bekannte haben – ein Ergebnis intensiver Ermittlungstätigkeit, die wir dort im letzten Jahr zu leisten hatten.«

Kampendonk wollte zunächst weitere Bedenken geltend machen, lenkte aber ein. »Ich kann ja verstehen, dass Sie sich in geeigneter Weise einfädeln möchten und nach den neuen Entwicklungen habe ich den Eindruck, der Sache nicht mehr alleine gewachsen zu sein. Aber gehen Sie bitte dezent vor!«

»Jedenfalls dezenter als unsere Kaffeemaschine«, brummte Strelitz mit einem Blick auf Rudolf.

Kapitel 13

Montag, 31. Juli, morgens

Zur selben Zeit verzehrte Hermann Schilling sein üppiges Frühstück. Er war ungehalten, weil die Kinder der Familie Markgraf auf der übernächsten Parzelle an diesem Morgen schon früh gelärmt und ihn um seinen Schlaf gebracht hatten. Zwischen ihren Parzellen lag Franziska Morgensterns Kleingarten wie eine entmilitarisierte Pufferzone, sie konnte bereits mehrfach aufkommenden Streit zwischen den beiden Kontrahenten schlichten.

Auf dem Höhepunkt der Ereignisse waren im letzten Sommer Wasserschlauch und Luftgewehr zum Einsatz gekommen. Nur mit Mühe und Unterstützung ihrer Schwester Johanna hatte Franziska die Streithähne zur Räson gebracht. Seitdem herrschte Waffenstillstand. Von einem wirklichen Frieden mochte Franziska nicht sprechen, denn dafür waren die Temperamente zu unterschiedlich. So hatte Hermann auch heute eine Schimpfkanonade losgelassen – aber immerhin war er nicht mehr durch Franziskas Garten bis zum Gartenzaun der angefeindeten Markgrafs vorgerückt.

Markgraf hatte Schilling prompt eine Antwort zukommen lassen, die an Deutlichkeit nichts zu wünschen übrig ließ, und Friedhelm überlagerte den hitzigen Wortwechsel mit anhaltendem Dackelkläffen.

Die Markgrafschen Kinder genossen derweil im Hintergrund das Schauspiel der Dauerkontrahenten. Auseinandersetzungen zwischen Hermann und ihrem Vater besaßen stets hohen Unterhaltungswert und manchmal konnten sogar neue Worte gelernt werden. Als Franziska, die zurzeit Urlaub hatte und schon früh unterwegs war, mit ihrem Rad vorfuhr, zog Hermann sich wieder in seine Laube zurück, um das Frühstück zu vollenden.

Er hätte besser daran getan, die Kinder im Auge zu behalten. Die Bande war sich nämlich einig, dass da noch was ging. In der Asche der eben erlebten Auseinandersetzung gab es noch genügend Glut – man musste nur noch hineinblasen. Zu diesem Zweck nahmen sie Pfeil und Bogen und beschossen die mehr als einen Meter hohe Holländer Windmühle, die seit langem in Hermanns Garten stand. Sie war vor über zwanzig Jahren von Hermann selbst erbaut worden und erhielt in regelmäßigen Abständen einen neuen Anstrich. Solchermaßen wetterfest gemacht, war sie für alle Spaziergänger der zentrale Blickfang in Hermanns Garten. Um diese Mühle hatte er eine Kolonie Gartenzwerge gruppiert. Genau hier hatte es im letzten Sommer nach einer von Vater Margraf inszenierten Luftgewehr-Attacke schwere Verluste gegeben.

Nun war die Mühle das Ziel des hoffnungsvollen Nachwuchses. Einige Pfeile segelten vorbei, bis der erste tatsächlich stecken blieb. Dies führte zu Jubel bei den kleinen Quälgeistern und auch zu neuen Ideen: »Lasst uns mit Brandpfeilen schießen«, raunte der Älteste.

Fünf Minuten später stand die wunderschöne Mühle in Flammen. Friedhelm war als erster aufmerksam geworden und bellte wie irrsinnig. Hermann kam aus seiner Laube wie ein Kuckuck aus der Uhr, und Franziska, die mit größeren Reinigungsaktionen beschäftigt war, kam ebenfalls aus ihrem Häuschen – gerade noch rechtzeitig, um zu sehen, wie Hermann im Zuge eines verbalen Wutausbruchs plötzlich an sein Herz griff, in sich zusammensackte und in der Furche zwischen Kopfsalat und Rhabarberblättern liegen blieb.

Kapitel 14

Montag, 31. Juli, vormittags

Claudette Kampendonk hatte das kleine batteriebetriebene Radio angestellt, um ihre zeitliche Orientierung nicht zu verlieren. Gleichzeitig wartete sie gespannt auf die stündlichen Nachrichtensendungen, mit denen Radio Bremen seine Zuhörerschaft auf dem neuesten Stand der Ereignisse unterrichtete. Doch es gab keine Meldungen über eine Entführung, nur zu Europa, Bombenattentate in Nahost, Hochwasser und Erdbeben. Danach kamen lokale Themen: Die Opposition kritisierte Belangloses, die Landesregierung wiegelte trotzdem ab. Zum Sport wurde der späte Rauswurf eines Trainers vermeldet – ungewöhnlich in der Spielpause der Bundesliga. Abschließend die Verkehrsmeldungen mit den üblichen Staus am Ihlpohler Kreisel, auf dem Autobahnzubringer Freihafen und der Hollerallee sowie herrenlosen Reifenteilen auf der A 27 in Höhe der Anschlussstelle Überseestadt. Als Zugabe das Wetter mit einem stabilen Hoch und Aussicht auf Sonne für die nächsten drei Tage. Kein Wort von der Entführung einer Bankiersgattin – offenbar nicht wichtig genug, um im Nachrichtenblock Erwähnung zu finden. Oder war die Polizei noch gar nicht eingeschaltet worden, überlegte Claudette.

Die Vorstellung, dass sie nicht nur entführt worden war, sondern möglicherweise außer von ihrem Mann noch von niemandem vermisst wurde, traf sie tief. Ihre Assistentin im Maklerbüro kurierte derzeit eine leichte Salmonellenvergiftung aus und ihr Freundeskreis gönnte sich entweder Yachtsegeln im Mittelmeer oder war mittels Fernreise auf der Suche nach Abenteuern, von denen man noch den Enkeln erzählen konnte. Claudettes beste Freundin zum Beispiel befand sich mit ihrem aktuellen Lebensabschnittsbegleiter auf einem Survival-Trip in Belize.

Mit der hätte sie jetzt gerne getauscht, denn hier ging es real ums Überleben. Auf jeden Fall hatte sich in der letzten Nacht irgendetwas an der Entführerfront getan. Claudette war von einem hitzigen Wortwechsel geweckt worden, der oberhalb ihres Verlieses zwischen einem Mann und einer Frau stattfand. Einzelne Worte oder gar ganze Sätze ließen sich aus der Geräuschkulisse nicht herauszufiltern. Aber Tonlage und Intensität der Auseinandersetzung, die mit der Bezeichnung »Gespräch« nur unzureichend beschrieben gewesen wäre, hatten Claudette Anlass zu der Annahme gegeben, dass ein erhebliches Stimmungstief vorherrschte. Einfacher gesagt: Es war vermutlich irgendetwas gewaltig schiefgegangen. Claudette war sich darüber im Klaren, dass eine Zuspitzung der Ereignisse ihre Situation verschlechtern konnte. Es war jedenfalls kaum anzunehmen, dass man sie sogleich mit einem freundlichen »Nichts für ungut« in die laue Sommernacht entlassen würde und ebenso wenig war eine spektakuläre Befreiung durch die stadtbremischen Polizeikräfte zu erwarten.

Nach einer halben Stunde hatte eine Tür geknallt, und es war wieder ruhig. Claudette saß im Jogginganzug auf ihrer Matratze, sehnte sich nach einer Dusche und überlegte, wie lange sie wohl noch in diesem Verlies verbleiben müsse und – das war im Grunde wichtiger – wie ihr Aufenthalt hier enden würde.

»Natürlich mit meiner Freilassung«, entschied sie sich für die positive Denkweise und drängte alle anderen Überlegungen zurück. »Ich hoffe, die Sache kommt bald auf den Punkt«, sagte sie halblaut, griff wieder nach dem ihr überlassenen Buch und vertiefte sich in die Satzlabyrinthe der »Blechtrommel« von Günther Grass.

Kapitel 15

Montag, 31. Juli, mittags

Franziska saß mit Andreas und seinen Kindern am Mittagstisch in seiner Gartenlaube.

Es war eng, aber das trug normalerweise zur Gemütlichkeit bei. Heute herrschte gedämpfte Stimmung. Franziska hatte gerade von dem Zwischenfall auf Hermanns Parzelle berichtet.

»Er war bei seinem Abtransport ins Krankenhaus stabil und ansprechbar«, erzählte Franziska. »Der Notarzt vermutet einen Herzinfarkt.«

Johannes und Julia schauten betreten drein. Dass ein Herzinfarkt eine ernste Sache war, hatten sie in ihrem jungen Leben bereits begriffen. Sie mochten die Aktion der Markgraf-Kinder nicht kommentieren. Immerhin hatten sie schon häufiger zusammen gespielt und es war stets lustig und lebhaft gewesen. Hier aber hatte eindeutig der Übermut gesiegt – mit Feuer sollte man eben nicht spielen.

»Wo ist denn jetzt der Dackel?«, wollte Julia wissen.

»Friedhelm war ziemlich außer sich«, setzte Franziska ihren Bericht fort. »Ihr wisst ja, er ist manchmal ein bisschen komisch. Jetzt ist er bei Rudi Klingebiel in Pflege.«

»Ach, bei dem Wirt vom Landheim?«

»Richtig.«

»Wie lange wird Herr Schilling denn weg sein?«

»Naja, nach dem Krankenhaus ist wohl eine Reha angesagt«, vermutete Andreas.

Johannes hakte nach. »Was ist eine Reha?«

»Das ist eine Kur zur Wiederherstellung, also zur Rehabilitation des jeweiligen Menschen. Dort kann man sich erholen und wieder gesund werden«, erklärte Andreas.

»Hoffentlich klappt das. Er ist ja schon ziemlich alt«, überlegte Julia.

»Hermann hat die Parzelle schon sehr lange. Er ist auf ihr großgeworden und hat sie vor vielen Jahren von seinem Vater übernommen«, holte Andreas aus. »Kleingärten hatten damals eine ganz andere Funktion als heute. Damals baute man Obst und Gemüse an, um sich zu ernähren. Vieles wurde haltbar gemacht und im Winter verzehrt. Damals gab es auf den Parzellen auch viele Hühner und Kaninchen.«

»Toll«, meinte Johannes. »Können wir auch welche haben?«

»Nein, die Kleintierhaltung ist in Kleingärten mittlerweile untersagt«, trat Andreas auf die Spaßbremse. »Aber Hühner und Kaninchen wurden damals nicht zum Spielen oder Streicheln aufgezogen.«

»Oh, oh«, machte Julia. »Ich ahne es.«

»Richtig, die Tiere dienten der Ergänzung des eigenen Speiseplans. Auch gab es keinen Rasen auf den Parzellen – jeder Quadratzentimeter war bepflanzt, unter den Stangenbohnen wuchsen die Kürbisse.«

»Und wo sind die Menschen damals auf die Toilette gegangen?«

»Das willst du nicht wirklich wissen, glaub mir, Plumpsklo ohne Wasserspülung muss als Erklärung ausreichen«, versicherte Franziska.

»Meine Güte, das klingt aber wenig romantisch«, klagte Julia.

Franziska blieb quasi am Rednerpult. »Es waren eben schlechte Zeiten«, erläuterte sie. »Erster Weltkrieg, dann Weltwirtschaftskrise, anschließend der Zweite Weltkrieg, die Nachkriegszeit, alles in Trümmern, damals waren die Kleingärten ein ganz wichtiger Ort. Vorübergehend durfte man hier sogar richtig wohnen.«

»Genau«, griff Andreas, der selbst auf einer Parzelle großgeworden war, wieder ein. »Erst in den 1960er-Jahren, als das sogenannte Wirtschaftswunder auch bei den Leuten mit weniger Geld angekommen war, hat sich vieles geändert. Es wurde Rasen gesät, Hollywoodschaukeln wurden modern und es entstanden Grillecken.«

»Also mehr zur Freizeit und so?«, fragte Julia. Für ihr Alter zeigte sie ein erstaunliches Interesse an diesem Exkurs in Heimatkunde.

Johannes wollte nicht zurückstehen. »Und dann kam irgendwann Strom ins Haus?«

»Ja, und damit wurde vieles einfacher, das könnt ihr euch sicher vorstellen. Der Kleingarten diente nun nicht mehr nur der Ernährungsergänzung, sondern war für die geringer verdienenden Familien der Ort, wo man Urlaub machte. Autos und Reisen konnten sich viele Menschen bis in die 1960er-Jahre noch nicht leisten.«

»Klingt wirklich nicht sehr romantisch«, wiederholte Julia nachdenklich.

»War es lange Zeit auch nicht«, bestätigte Andreas. »Aber die Kleingärtner waren eine Notgemeinschaft. Da half einer dem anderen und man passte aufeinander auf. Der Findorffer Bürgerverein hatte im Ersten Weltkrieg unter dem Namen ›Bürgerwohl‹ sogar eine Notkasse für seine Mitglieder gegründet – vor allem für Kriegswitwen und -waisen. Heute heißt eine Wohnstraße so.«

»Aha«, machte Johannes. »Und so lange hat Herr Schilling schon seinen Garten?«

»Seit dem Ersten Weltkrieg wohl nicht, aber auf jeden Fall sehr lange.«

»Dann wollen wir stark hoffen, dass er wieder gesund wird, um mit Friedhelm noch ein paar Jahre auf seiner Parzelle verbringen zu können«, fasste Johannes seine Gedanken zusammen.

Das Labskaus auf seinem Teller war kalt geworden. Aber das war nicht schlimm, denn es gehörte ohnehin nicht zu seinen Favoriten.

Kapitel 16

Montag, 31. Juli, nachmittags

Nach dem Mittagessen wusch die kleine Gemeinschaft ab. Danach war Entspannung angesagt. Johannes hatte sich einen Schreibblock geholt und machte sich Notizen. Das Mittagsgespräch hatte ihn sehr beeindruckt.

Julia lag bäuchlings auf einer Decke, die sie auf dem Rasen ausgebreitet hatte, und las »Hanni und Nanni«. Dabei hatte sie das Gefühl, für diese Lektüre eigentlich zu alt geworden zu sein. Aber das Loslassen ist auch in jungen Jahren kein einfacher Vorgang.

Andreas ging um die Laube, um ein paar Abfälle auf den Kompost zu tun. Dabei fiel sein Blick auf den benachbarten Schulgarten. Früher hatte hier die Familie Hagedorn gewohnt, bis es vor einem Jahr zu einem furchtbaren Brand gekommen war, der das Häuschen stark beschädigt und die Hagedorns das Leben gekostet hatte. Seitdem Andreas hier mit seiner Schule den Schulgarten hatte etablieren können, sah das Nachbargelände wieder wesentlich gepflegter aus. Alle Brandschäden waren beseitigt worden. Dafür war ein Gewächshaus entstanden, in dem sich auch bei schlechtem Wetter anschaulicher Biologieunterricht abhalten ließ.

Andreas' Blick blieb an der Tür zum Gewächshaus hängen. Die sollte in den Sommerferien eigentlich geschlossen sein. Stattdessen stand sie halb offen. Andreas winkte Franziska zu sich heran. Er zeigte über die Hecke auf das Gewächshaus.

»Kannst du dir darauf einen Reim machen?«

Franziska begriff nicht gleich, was an dem Bild vor ihr nicht stimmte.

»Die Tür. Sie müsste geschlossen sein.«

»Oh«, entfuhr es Franziska. »Da ist eine offene Tür, und du machst dir Sorgen, richtig?«

Andreas hatte keine Lust auf einen umständlichen Dialog. Er ging in seine Laube, langte nach dem Schlüssel für den Schulgarten, nahm ihn vom Haken und sprach: »Ich geh jetzt einfach mal nachgucken.«

»Ich gehe mit dir«, versicherte Franziska und war mit ein paar schnellen Schritten hinter ihm. Johannes und Julia hatten mitbekommen, dass irgendetwas nicht im Lot war. Sie waren sofort einsatzbereit, wurden jedoch in ihrer Unternehmungslust von Andreas gebremst.

»Wir wollen nur die Tür vom Gewächshaus schließen«, wiegelte Andreas ab. »Ihr bleibt bitte hier und passt auf unseren Garten auf.«

Die beiden gaben sich geschlagen – auf den eigenen Garten aufpassen rangierte zwar nicht unter den Top-Ten der Freizeitaktivitäten, aber deutlich vor dem Schließen einer offenen Tür eines Gewächshauses. Letztlich würde beides nicht ausreichen, um den obligatorischen Schulaufsatz »Mein schönstes Ferienerlebnis« auszufüllen. Bei der halboffenen Tür angekommen, schob Andreas sie mit dem Fuß so weit auf, dass Franziska und er passieren konnten.

Die Luft im Gewächshaus war drückend – hier hatte sich ein nahezu tropisches Klima entwickelt. Es herrschte die übliche Unordnung, die einen Arbeitsplatz kennzeichnet, an dem eine größere Anzahl von Personen tätig ist, sich aber niemand verantwortlich fühlt.

Die Glasscheiben waren beschlagen und hatten das Tageslicht gedämpft. Dennoch war es ausreichend hell, um am Ende des Gewächshauses ein paar Beine sichtbar werden zu lassen, die in dunklen Jeans steckten. Franziska und Andreas blieben abrupt stehen.

»Das ist nicht gut, das ist überhaupt nicht gut«, murmelte Andreas und war mit zwei entschlossenen Schritten weitergegangen – soweit, dass er sehen konnte, wer da zu Fall gekommen war. »Meine Güte, Sabine«, rief er und beugte sich über die leblose Gestalt am Boden.

Franziska hatte zu ihm aufgeschlossen. »Das ist ja Frau Hellwege!«, stellte sie fest.

»Sabine Hellwege«, bestätigte Andreas. »Die Leiterin des Schulgartens und Kollegin an meiner Schule!«

Franziska versuchte, den Puls zu ertasten. Nichts.

»Um Himmels Willen, Andreas, ich rufe einen Notarzt und die Polizei.«

Johannes' helle Stimme meldete sich hinter Ihnen zu Wort.

»Ist sie tot, Papa?«

Kapitel 17

Montag, 31. Juli, nachmittags

Kriminalrat Strelitz stand vor Franziska und Andreas. Er schüttelte den Kopf. »Ich untersage mir jetzt mal jede anzügliche Bemerkung über Ihre Vorliebe, Verletzte und Tote aufzufinden. Ich frage auch nicht, ob es für Sie unter Umständen anregendere Formen der Freizeitgestaltung geben könnte – gerade jetzt, wo Sie doch Erziehungsaufgaben wahrzunehmen haben. Ich frage Sie nur, ob Ihnen außer der offenen Tür irgendetwas merkwürdig vorgekommen ist. Haben Sie etwas gesehen oder gehört, das ungewöhnlich war?«

In diesem Moment mischte sich Konstanze Kannengießer ein. »Der Gerichtsmediziner ist da. Er schätzt, dass der Tod zwischen Mitternacht und zwei Uhr eingetreten sein muss. Er ist sich wegen der problematischen Temperaturverhältnisse in diesem Treibhaus aber nicht ganz sicher. Gewissheit besteht zumindest wegen der Todesursache: Genickbruch!«

»Und ich widerstehe der Versuchung, daran zu erinnern, dass Frau Morgenstern und ich im letzten Jahr vor allem deshalb verletzte und verstorbene Personen aufgefunden haben, weil Sie nicht immer rechtzeitig zur Stelle waren oder aber Unschuldige verhaftet haben«, konterte Andreas.

Der Kriminalrat wiegelte ab. »Ich wollte keine alten Gräben aufreißen«, meinte er. »Ich hätte mir ein Wiedersehen nur unter anderen Vorzeichen gewünscht.«

»Ich denke, Frau Hellwege könnte die Begleitumstände am meisten beklagen«, schaltete sich Franziska ein. »Aber zu Ihrer Frage: Nein, wir haben nichts gesehen oder gehört, denn wir haben die letzte Nacht in unseren Wohnungen zugebracht. Außerdem ist das Übernachten auf der Parzelle ohnehin nicht gestattet«, erinnerte sie an die Regeln des Kleingartenwesens.

»Naja, die Kleingärtner sind doch ein ganz eigenes Völkchen. Was man nicht darf, ist das eine, und was man trotzdem tut, ist das andere«, gab Strelitz zu bedenken.

Johannes und Julia standen in Hörweite und sogen jedes Wort begierig auf. Ihr Ferienaufsatz bekam allmählich Konturen.

Franziska führte die beiden zurück auf die väterliche Parzelle. »Ihr bleibt jetzt bitte mal im Haus, bis wir alles geklärt haben«, verordnete sie. Die beiden hatten ohnehin sehr viel mehr mitbekommen, als ihnen bekömmlich war. Den Abtransport des Leichnams sollten sie aber nicht auch noch erleben. Die beiden murrten, aber Franziska blieb hart.

»Ich sage euch, wenn ihr wieder unbeschwert rauskommen könnt!«

»Ich bin unbeschwert!«, maulte Johannes. Julia verkrümelte sich hinter ihrem Buch.

»Wenn ihr euch daran haltet, bestellen wir heute Abend den Pizza-Dienst.« Das war keine pädagogische Meisterleistung, dachte Franziska, aber für lange Verhandlungen war jetzt keine Zeit.

»Mit Thunfisch«, sprang Johannes auf diese neue Perspektive an.

»Für mich Calzone, und eine große Cola!«, orderte Julia.

»Aber nur, wenn ich eure Nasenspitze in der nächsten Stunde nicht sehe.« Franziska hatte es eilig.

Inzwischen schilderte Andreas Einzelheiten zu seiner verstorbenen Kollegin. »Frau Hellwege ist ... war Kollegin an der Schule, an der ich ebenfalls unterrichte. Sie war für naturwissenschaftliche Lehrinhalte der Grundstufe zuständig und als solche hat sie auch das Projekt ›Schulgarten‹ geleitet.«

Strelitz kommentierte diese Ausführungen mit einem »Aha« und Olaf Knispel machte eifrig Notizen.

»Wurde der Schulgarten denn von den Kleingartenfreunden und dem Vorstand akzeptiert?«

»Der Vorstand sind Frau Morgenstern und ich, und die Idee stammt von mir. Die Akzeptanz innerhalb des Vereins war anfangs nicht sehr ausgeprägt, aber das hat sich inzwischen zurechtgerüttelt.«

»Gratuliere zum neuen Amt«, meinte Strelitz, »da haben Sie sich ganz schön was aufgeladen. Aber sagen Sie mir eines: Wenn der Garten Ihre Idee war, warum haben Sie nicht auch die Leitung dieses Projektes übernommen?«

»Weil ich Musikpädagoge bin«, erklärte Andreas geduldig. »Frau Hellwege hatte einfach die größere Fachkompetenz.«

»Na gut. Olaf, ich glaube, fürs Erste sind wir hier fertig. Wir werden mit den Angehörigen von Frau Hellwege sprechen, und natürlich auch mit der Schulleitung sowie dem Kollegium. Unpassend, dass wir gerade Ferienzeit haben. Vermutlich werden wir nicht allzu viele Gesprächspartner finden. Andererseits reduziert sich auch die Zahl der Tatverdächtigen, denn wer sich jetzt in Urlaub befindet, hat ein glänzendes Alibi.«

»Tatverdächtige?«, hakten Andreas und Franziska nahezu zeitgleich ein. »Wieso Tatverdächtige?«

»Weil es sehr nach einem Tötungsdelikt aussieht. Frau Hellwege hat einen Genickbruch erlitten und zwar mitten in der Nacht in einem abgelegenen Gewächshaus. Sie müssen zugeben, das sieht nicht gerade wie ein natürlicher Exitus aus. Aber wir sind ohnehin hier vor Ort, weil wir noch in einem anderen Fall ermitteln, der sich möglicherweise am Rande ihres Kleingartengebietes abgespielt hat. Haben Sie vielleicht gestern Abend jemanden mit einem Koffer durch die Wege gehen sehen?«

Kapitel 18

Montag, 31. Juli, nachmittags

Im Siedlungsraster fast jeder Großstadt gibt es einige weiße Flecken. Scheinbar Niemandsland, das durchs Planungsraster gefallen ist, von keinem Bebauungsplan erfasst wurde und sich aufgrund seiner speziellen Gegebenheiten einer Bebauung widersetzt. Es ist eigentlich nicht überraschend, dass sich an solchen Orten gelegentlich Menschen niederlassen, die ebenfalls durch ein Raster gefallen sind – Aussteiger, die für ihren Rückzug aus den Regeln und Werten der Gesellschaft unterschiedlichste Gründe haben.

Die Bauwagenbewohner am Rande des Kleingartengebietes »Erntedank« waren ein solches Beispiel. Jeder von ihnen hatte ganz eigene, spezielle Gründe, hier gestrandet zu sein. Man war weit davon entfernt, eine homogene Gemeinschaft zu bilden. Weder war es über den Winter gelungen, eigene Regeln zu entwickeln, noch gab es Verhaltensmuster, die ein gegenseitiges »sich stärken« zum Ziel hatten. Solidarität existierte, wenn überhaupt, nur auf unterster Stufe.

So war es nicht überraschend, dass die ungefähr zwanzig Personen zählende »Nichtgemeinschaft« ganz unterschiedliche Auffassungen zum Verlauf des Gesprächs mit dem Vorstand des Vereins »Erntedank« vertrat.

»Die haben wir doch richtig gut abtropfen lassen«, meinte Rasmus, der als »Herr Schmidt« Teilnehmer des Gesprächs gewesen war. Er hatte sich schon am Vormittag eine Flasche Billig-Bier geöffnet, die er mit einem letzten tiefen Zug in Leergut verwandelte.

»Und die Alte war vielleicht sauer, die ist bald geplatzt«, freute sich Nicole, die als Frau Meier eine provokante Note in den verbalen Schlagabtausch gebracht hatte.

»Mag ja sein, und wir haben alle unseren Spaß gehabt. Es war ja auch ein starkes Bild, als die beiden den Schwanz einzogen.« Das sagte Onno alias Herr Schulz.

»Ja klar, Mann, das war voll krass! Die wissen jetzt, wie das hier läuft.«

»Du hast gar nichts begriffen«, widersprach Onno. »Der nächste Besuch wird jedenfalls ungemütlicher. Dann haben die nämlich die Bullen mit im Gepäck – und das war's dann!«

»Quatschkopp, die haben doch ganz andere Sorgen.« Nicole war schon wieder auf der aggressiven Schiene unterwegs.

»Na und«, meinte ein anderer, der es während des Besuchs von Franziska und Andreas vorgezogen hatte, im Bauwagen zu bleiben, »dann ziehen wir eben weiter. Ist doch egal, oder?«

»Du bist ja ein ganz großer Gehirnakrobat«, maulte ein Latzhosenträger, der knallrote Haare hatte und sich gerade mit zitternden Fingern eine Zigarette drehte. »Erstens gibt es solche Plätze wie diese hier nicht beliebig oft und zweitens bin ich mal gespannt, wie wir unsere Wagen bewegen wollen. Die stecken nämlich tief im Morast und sind baufällig. Gerade in deiner Ruine darf man doch nicht mal niesen, wenn kein Totalschaden riskiert werden soll.«

»Tatjana, sag doch auch mal was. Du kommst doch aus der bürgerlichen Ecke.« Onno war auf der Suche nach Bündnispartnern.

Tatjana, die Tochter des Landheimwirtes, zögerte mit einer Stellungnahme. Sie kam immer mal wieder in diese ambulante Siedlung, weil Onno in ihrem Studiengang war und beide am gleichen Projekt arbeiteten.

Dann kam ihr Urteil: »Ich denke, dass du Recht hast, Onno. Solange ihr hier unauffällig gewesen seid, ging alles gut. Aber jetzt wird's eng für euch. Der Vorstand ist fest entschlossen, euch zu vertreiben, das habe ich neulich mitbekommen. Mein Vater ist auch nicht gut auf euch zu sprechen.«

Die Reaktion war wie erwartet negativ. Die überwiegende Mehrheit war der Auffassung, dass man es »denen« ordentlich gezeigt hätte. »Ein hammerhartes Schauspiel war das«, gluckste Rasmus.

Onno verzweifelte fast an so viel Unverstand. »Wenn wir hier bleiben wollen, brauchen wir ein Konzept. Und zwar, bevor die Ordnungsmacht hier aufkreuzt«, drängte er.

»Ein Konzept«, höhnte ein stark verwahrlostes Wesen, das seit dem letzten Herbst im gleichen T-Shirt zu stecken schien. »Wahrscheinlich mit endloser Debatte und Abstimmung, oder wie? Man merkt doch gleich, dass du von der Uni kommst!«

»Da hätte ich ja gleich in meiner Familie bleiben können. Da gab's auch immer Zoff um alles und jedes«, stänkerte ein in dunkelsten Farben gekleideter schlaksiger Typ, der drei Hunde um sich geschart hatte und damit beschäftigt war, eine Dose Hundefutter zu öffnen.

»Genau«, tönte eine junge Frau, deren halber Schädel kahl rasiert war, während die Haare der anderen Kopfhälfte pinkfarben weit über ihre Schulter fielen und deren Ohren mit etlichen kleinen Ringen perforiert stetig schlackerten.

»Vielleicht habt ihr noch eine Galgenfrist«, erklärte Tatjana. »Die haben im Vorstand nämlich ziemlichen Stress. Erst ist einer der Kleingärtner zusammengeklappt, und dann hat man heute Mittag auf einer Parzelle eine Leiche gefunden.«

»Eine Leiche? In Echt?«, wollte das Halbglatzen-Mädchen wissen.

»Ja, zuerst war der Notarzt da, dann die Polizei, und schließlich die Kripo. Das volle Programm, weil es sich möglicherweise um Mord handelt.«

»Dann sind die ja erst mal beschäftigt«, meint Rasmus trotzig. »Ist doch gut für uns!«

»Oder auch nicht.« Tatjana trat auf die Spaßbremse. »Was ist, wenn die auf die Idee kommen, dass man den Täter hier suchen muss?«

Kapitel 19

Montag, 31. Juli, nachmittags

Kriminalrat Strelitz hatte sein kleines Team zur Lagebesprechung in sein Büro gebeten. Rudolf war gestartet worden und sorgte für die vertraute Geräuschkulisse. Strelitz fasste den augenblicklichen Stand der Dinge zusammen.

»Also, wir haben zwei Fälle am Haken. In Oberneuland wird eine Bankiersgattin entführt, und die Geldübergabe misslingt. Und dann haben wir eine Lehrerin, die zur besten Ferienzeit Gefallen daran findet, tot im Gewächshaus des Schulgartens zu liegen. Der Gerichtsmediziner vertritt die Auffassung, dass die Lehrerin nicht freiwillig aus dem Leben geschieden ist. Der Genickbruch ist offensichtlich fremdverschuldet und wurde in den frühen Morgenstunden verursacht. Meine Güte, fast alle Pädagogen sind jetzt in ihrem Urlaubsort und laden ihre Batterien wieder auf. Nur diese Dame wandert nachts durch Gewächshäuser. Wir müssen jetzt klären, was sie dort um diese Uhrzeit zu suchen hatte. Im Übrigen muss sie dort noch aus einem anderen Grund Gesellschaft gehabt haben. Wissen Sie warum, Olaf?«

Der junge Kommissar war offenbar noch nicht auf Betriebstemperatur. Er schüttelte den Kopf.

»Naja«, meinte Strelitz. »Es war pickeduster. Im Gewächshaus gibt es keine Lampe, keinen Strahler oder Vergleichbares. Ohne Taschenlampe oder eine andere Lichtquelle wäre sie schon vorher zu Schaden gekommen. Wir haben aber nichts gefunden!«

Zu Konstanze gewandt fuhr er fort: »Sie versuchen bitte, etwas Licht in die Geschichte zu bringen. Schauen Sie, ob jemand aus der Schulleitung oder dem Kollegium in Bremen geblieben ist. Und kümmern Sie sich auch um die

Familie. Sprechen Sie vor allem mit der Schwester – laut Herrn Klapphorn ist das die einzige noch lebende Verwandte.«

Konstanze Kannengießer war erfreut, den Fall selbstständig recherchieren zu dürfen. Sie hoffte, im Oktober zur Hauptkommissarin befördert zu werden, weshalb es nicht schädlich sein konnte, noch ein paar Punkte zu sammeln.

Strelitz blickte jetzt auf Olaf. »Wir beide bleiben am Fall ›Kampendonk‹ dran. Ich besorge Ihnen noch zwei Kollegen aus einem anderen Abschnitt, dann wird der Bankier rund um die Uhr überwacht. Ich kann nicht ausschließen, dass er nach dem misslungenen Kofferabwurf in großer Gefahr schwebt. Ich könnte mir aber auch vorstellen, dass er neue Anweisungen von den Entführern bekommt oder schon bekommen hat und uns außen vor lässt. Auf jeden Fall möchte ich über jeden seiner Schritte informiert werden.«

»Hoffentlich hat Herr Kampendonk noch ein zweites Handy – das erste liegt ja in der Weser. Das war sicher ein ganz neues und teueres Modell.« Olaf Knispels Stimme war anzumerken, dass er diesen rabiaten Umgang mit dem neuesten Stand der Kommunikationstechnik zutiefst missbilligte.

»Naja«, meinte sein Vorgesetzter, »ich gehöre zwar noch zur Generation ›Dia-Abend‹, aber mir ist klar, warum die Entführer großen Wert auf die Entsorgung des Telefons gelegt haben. Wir hätten sonst deren Anruf mit den Anweisungen an Kampendonk zurückverfolgen können.«

»Und Frau Kampendonk?«

»Die dürfen Sie natürlich auch beschatten. Aber ich fürchte, dass Sie diese erst einmal aufspüren müssen. Sobald Ihnen das gelungen ist, lassen Sie es mich bitte wissen,« antwortete er etwas überheblich.

Rudolf meldete sich mit einem asthmatischen Rülpser. Der Kaffee war fast durchgelaufen.

Olaf schaute unglücklich drein. Er war es gewohnt, von seinem Chef nicht immer ganz ernst genommen zu werden.

»Ich weiß, dass uns Frau Kampendonks derzeitiger Aufenthaltsort unbekannt ist. Ich wollte nur wissen, wie Sie ihre derzeitige Lage einschätzen.«

»Ernst, mein Junge, sehr ernst. Wenn wir Pech haben, nimmt diese Entführung ein komplett böses Ende. Leider haben wir nur einen geringen Einfluss auf die Situation. Jedenfalls im Augenblick.« Strelitz beugte sich vor und klopfte Olaf Knispel auf die Schulter. »Machen Se nicht so 'n bedröppeltes Gesicht. Es wird schon gutgehen! Und jetzt raus mit Ihnen beiden.«

Konstanze und Olaf schauten beide auf Rudolf.

»Gut«, meinte Strelitz. »Eine Tasse Kaffee für jeden. Aber bitte zügig.«

Olaf überlegte noch, ob man Rudolfs Geräusche auch als Klingelton bekommen könnte.

Kapitel 20

Montag, 31. Juli, nachmittags

Franziska und Andreas spielten mit den Kindern »Mensch ärgere Dich nicht«. Dieser Klassiker mit seiner einfachen, aber genialen Struktur sorgte regelmäßig für Schadenfreude und Verdruss, für Bündnisse und Verrat und auf jeden Fall für große Spannung. Die Stimmung hatte gerade einen vorläufigen Höhepunkt erreicht. Andreas war mit seiner letzten Figur kurz vor dem Ziel von Johannes abgefangen worden, der aber im nächsten Zug das Opfer einer Attacke von Julia wurde. Dabei hatten alle Franziska nicht mehr beachtet, ihr fehlte nur noch eine Eins, um zu gewinnen. Der Würfel rollte unter den Tisch, Franziska tauchte ab, um ihn zu suchen.

Einen Moment später regte sich Andreas' Handy. Er fingerte es aus seiner Brusttasche und meldete sich mit einem distanzierten: »Ja, bitte?«

Am anderen Ende war ein aufgeregter Rudi Klingebiel. »Hier ist Post für den Vorstand abgegeben worden«, sprudelte er los. »Sieht richtig amtlich aus. Wenn der Poststempel stimmt, ist es ein Schreiben vom Bauamt.«

»Steht irgendwas drauf? Worum es geht und ob es eilig ist?«

»Amtliche Schreiben sind doch immer wichtig und eilig. Nur wenn wir mal was von den Behörden wollen …« Rudi drohte, in seine Lieblingslitanei zu verfallen, die sich gegen alle behördlichen Institutionen im Allgemeinen und gegen das Bremer Finanzamt im Besonderen richtete.

»Ist gut«, bremste ihn Andreas, »wir holen den Brief gleich ab.« Er legte auf.

»Ich hab eine Eins«, tönte aus der Tiefe die tischdeckengedämpfte Stimme von Franziska.

Es dauerte eine Viertelstunde, bis jedem klar war, dass dieser Wurf nicht zählen konnte. Weitere fünf Minuten benötigte Andreas, um Franziska von Rudis Anruf zu berichten, der während ihres Aufenthalts unter dem Tisch stattfand. Und eine weitere Viertelstunde war notwendig, um Johannes davon zu überzeugen, dass er schnell mit seinem Rad zum Landheim fahren und den Brief abholen solle.

So ging etwas Zeit ins Land, bis sich alle Wogen geglättet hatten und der Erste Vorsitzende des Kleingartenvereins »Erntedank« die behördlicherseits an ihn gerichteten Zeilen zur Kenntnis nehmen und an Franziska weiterreichen konnte.

Der Inhalt war erfreulich unkompliziert gehalten und dankenswerterweise nicht mit unverständlichen Paragrafen irgendeines staatstragenden Regelwerks überfrachtet worden. Dennoch sorgte das Anliegen des Bauamtes, wie Rudi die Behörde des Bausenators volkstümlich getauft hatte, für tiefes Durchatmen bei den beiden Vereinsvorsitzenden.

»Oha!«, meinte Andreas, und Franziska fügte ein »Das kann ja wohl nicht wahr sein« hinzu.

Kapitel 21

Montag, 31. Juli, nachmittags

Während Olaf Knispel den Kollegen ablöste, der in den letzten Stunden die Beschattung des Bankiers Kampendonk übernommen hatte, begab sich Konstanze Kannengießer zur Findorffer Grundschule, an der sowohl Sabine Hellwege als auch Andreas Klapphorn unterrichteten. Sie hatte dort telefonisch vorgefühlt und zu ihrer Überraschung die Rektorin Ilse Westermann trotz der Ferienzeit erreicht und sich zum Gespräch avisiert.

Konstanze fuhr mit ihrem Auto auf den Schulhof, der in Ferienzeiten als Parkplatz diente. Ein missmutig dreinblickender Hausmeister mit grauem Haar und ebensolchem Kittel fegte gerade diversen Unrat zusammen. Auf die Frage nach dem Weg zur Rektorin wies er nur mit dem Daumen über die Schulter in Richtung Schulgebäude.

»Geht's ein bisschen genauer?«, fragte Konstanze gereizt. Sie hatte aus ihrer Schulzeit unangenehme Erinnerungen an die Spezies Schulhausmeister, die in deren dargestellten Bedeutung gleich hinter dem Herrgott, aber deutlich vor der Schulleitung rangierten. Sie wollte gerade ihren Ausweis präsentieren, als ein zweiter Graukittel auftauchte – wesentlich jünger und deutlich kooperativer.

»Hallo«, rief er gutgelaunt, »kann ich helfen?«

»Ich bin mit Frau Westermann verabredet. Können Sie mir den Weg zeigen?«

»Gern«, erwiderte er hilfsbereit. »Schablonski, Hausmeister«, stellte er sich vor. »Kommen Sie mit. Ich glaube, Frau Westermann erwartet Sie bereits.«

Sie gingen durch die gläserne Schwingtür in das angenehm kühle Gebäude. Schablonski erwies sich als Plaudertasche.

»Meinen Kollegen müssen Sie entschuldigen, der geht mir nur aushilfsweise zur Hand. Ist eigentlich schon pensioniert, der Gute. Aber zu Hause fällt ihm die Decke auf den Kopf. Früher war er hier der hauptamtliche Hausmeister.« Schablonski lachte. Dann wurde er ernst. »Sie sind von der Polizei, oder? Geht es um Frau Hellwege? Frau Westermann hat mich ins Vertrauen gezogen. Unglaublich, nicht wahr, so eine junge Kollegin, und dann wird sie einfach umgebracht. Dabei wollte sie in den nächsten Tagen auf eine große Reise gehen.«

Konstanze Kannengießer dachte, dass die Rektorin offenbar ein sehr gutes Verhältnis zu »Ihrem« Hausmeister pflegt, und hakte nach. »Woher wissen Sie das?«

»Oh, das hat sie mir kurz vor den Ferien erzählt.«

»Wissen Sie, wohin und mit wem?«

Schablonski zuckte bedauernd die Achseln. »Darüber wollte sie nichts verraten. Aber sie hat versprochen, mir eine Karte zu schreiben. Ich sammle nämlich Ansichtskarten aus aller Welt.«

»Wie schön«, heuchelte Konstanze Interesse am Hobby des Schulhausmeisters.

Der sagte einen Augenblick später: »So, da wären wir.« Er öffnete eine Tür, die mit »Vorzimmer Rektorat« gekennzeichnet war, und steckte den Kopf in das Zimmer.

»Frau Westermann, Ihr Besuch ist da«, verkündete er, begleitete Konstanze in das Vorzimmer und verabschiedete sich.

Frau Westermann bat sie mit einem »Herein« in ihr Zimmer und ermunterte sie, in der Besucherecke Platz zu nehmen. Das dazugehörige Möbelensemble bestand aus vier unterschiedlichen Sesseln und einem alten Couchtisch, offenbar alles aus Privatbeständen zusammengetragen.

Konstanze entschied sich für einen orangefarbenen Club-Sessel, der aus einem Lifestyle-Katalog der 1970er-Jahre hätte stammen können.

»Einen Kaffee?«, erkundigte sich Frau Westermann.

Konstanze lehnte dankend ab. »Das sieht nach Arbeit aus«, stellte sie fest und zeigte auf den Schreibtisch der Rektorin, dessen Oberfläche an ein ungemachtes Bett erinnerte.

»Ich darf die Stundenpläne neu schreiben«, seufzte Ilse Westermann. »Meine vorgesetzte Dienststelle hat erst Ende letzter Woche die im nächsten Halbjahr verfügbaren Lehrerstunden mitgeteilt und dann auch noch übersehen, dass zwei Kollegen mit Beginn der Sommerferien in Rente gegangen sind. Zwei weitere Kolleginnen sind dauerhaft krank und haben einen Antrag auf Anerkennung der Berufsunfähigkeit gestellt. Auch das hat meine Aufsichtsbehörde nicht berücksichtigt.

Und nun passiert diese schreckliche Sache mit Frau Hellwege. Erstens fehlt sie mir jetzt im Stundenplangerüst, zweitens hat sie mich bei der Erstellung dieser Pläne stets unterstützt. Wie ich das alles schaffen soll und möglichst im Einverständnis mit dem Elternbeirat, weiß ich noch nicht. Ich nenne so etwas Mangelverwaltung!«

»Lassen Sie uns bei Frau Hellwege bleiben«, bat Konstanze. »Beschreiben Sie bitte die Kollegin aus Ihrer Sicht.«

»Nun«, die Rektorin dachte kurz nach, »zirka 1,70 Meter groß, dunkelblonde schulterlange Haare …«

»Sie haben mich missverstanden«, unterbrach Konstanze sie in ihren Darlegungen. »Ich benötige Angaben zu ihrer beruflichen Qualifikation, zu ihrem Verhalten und zu ihrer Position an der Schule. Hatte sie Freunde oder Feinde, war sie beliebt, und wie kam sie beim Kollegium und bei den Schülern an?«

»Oja, natürlich, entschuldigen Sie bitte«, schüttelte die Rektorin über sich selbst den Kopf. »Frau Hellwege war eine sehr engagierte Kollegin. Ihr Schwerpunkt lag in den naturwissenschaftlichen Fächern. Sie leitete auch unser Schulgartenprojekt und sie war in der engsten Wahl für die Neubesetzung der stellvertretenden Schulleitung. Im Grunde stand sie bereits fest. Es musste nur noch der Personalrat zustimmen. Der bisherige Amtsinhaber ist gerade verrentet worden.«

»Haben Sie irgendeine Idee, warum sich Frau Hellwege zu mitternächtlicher Stunde im Gewächshaus des Schulgartens aufgehalten hat?«

»Nein, habe ich nicht. Es erscheint mir auch völlig abwegig, dass sie dort in den Sommerferien zu so später Stunde irgendetwas Unterrichtsbezogenes zu tun hatte.«

»Könnte sie irgendetwas verloren haben, dass sie dort suchte?«

»Ich hab keine Ahnung. Mir gegenüber hat sie nichts dergleichen angedeutet.«

»Sie sagten, dass sie eine größere Reise antreten wollte. Ist Ihnen davon etwas bekannt? Wann, wohin, mit wem?«

»Nein, mir gegenüber hat sie nichts dergleichen erwähnt.« Ilse Westermann schüttelte den Kopf.

»Hatte sie Feinde?«

Die Rektorin schwieg einen Moment. Sie schien zu überlegen, ob und wie sie antworten sollte. Auf jeden Fall hatte Konstanze mit dieser Frage Verlegenheit ausgelöst.

»Frau Westermann? Gibt es da etwas, dass ich wissen müsste?«

»Nun«, begann die Rektorin umständlich. »Es war vor ungefähr drei Jahren. Da war sie mit einem Kollegen zusammen im Schullandheim, als Begleiterin der Klasse 4a. Eine im Übrigen extrem schwierige Klasse.«

Konstanze schwieg und wartete, dass Ilse Westermann die Geschichte auf den Punkt brachte.

»Nun ja, es gab zwischen den beiden ein heftiges Zerwürfnis.«

»Weswegen?« Konstanze hatte den Eindruck, dass sie der Schulleiterin jeden Satz einzeln abfragen musste.

Diese rang sich jedoch zu einem längeren Statement durch.

»Sabine ... ich meine, Frau Hellwege behauptete damals, von dem Kollegen sexuell belästigt worden zu sein. Abends, nachdem die Kinder in ihren Betten waren. Daraufhin kam es natürlich zu einem Riesenwirbel. Frau Hellwege reichte eine Dienstaufsichtsbeschwerde gegen den Kollegen ein, der wiederum antwortete mit einer Verleumdungsklage. Der zuständige Oberschulrat führte mehrere Dienstgespräche, und der Elternbeirat war verunsichert. Wir hatten Mühe, das Thema aus den Medien herauszuhalten.«

»Und wie ist die Geschichte ausgegangen?«

»Frau Hellwege hat ihre Dienstaufsichtsbeschwerde schließlich zurückgezogen, und der Kollege revidierte im Gegenzug die Verleumdungsklage. Beide haben aber großen Wert auf den Verbleib an der Schule gelegt, da ein Versetzungsgesuch gleichbedeutend mit einem Schuldeingeständnis gewesen wäre.«

»Und darauf hat sich die Bildungsbehörde eingelassen?«

»Ja – dort wollte man vor allem die beiden Verfahren aus der Welt geschafft wissen. Es gab allerdings die Auflage, dass es zwischen beiden nicht erneut den geringsten Konflikt geben dürfe. Der hätte die Versetzung beider Pädagogen an andere Schulen zur Folge gehabt.«

»Lassen Sie mich raten: Der betreffende Kollege hat sich jetzt ebenfalls um die Stelle des stellvertretenden Schulleiters beworben, richtig?«

»Richtig.«

»Und können Sie mir auch den Namen des betreffenden Kollegen nennen?«

»Andreas Klapphorn.«

»Oh«, sagte Konstanze, und ließ ihren Notizblock sinken.

Kapitel 22

Montag, 31. Juli, spätnachmittags

Zwei Stunden nach Rudis Anruf hatten Franziska und Andreas eine Sondersitzung des Vorstands zusammentelefoniert und berichteten im Hinterzimmer des Landheims über das Anliegen des Bauressorts:

Nach einem Krisengespräch auf Behördenebene, an dem Vertreter des Bauressorts, des Polizeireviers und der Ortspolitik beteiligt gewesen seien, habe man beschlossen, im Umgang mit den Bauwagenbewohnern neue Wege zu beschreiten. Man wolle zu einer Lösung kommen, die einerseits auf die Duldung der »Besetzer-Szene« abziele, diese aber im Gegenzug in die Pflicht nehme, das besetzte Gelände durch kleinräumige Maßnahmen zu einem kleingartenähnlichen Umfeld zu entwickeln. Dabei könnten der Anbau von Gemüse und Obst, vielleicht auch eine Obststreuwiese als tragfähige Gestaltungselemente zum Zuge kommen. Die Stadt Bremen würde im Gegenzug die nötige Infrastruktur, vor allem eine Stromzuleitung, eine Wasserzapfstelle und eine zentrale Klärgrube beisteuern.

Auf dieser Basis solle ein einjähriger Duldungs- und Nutzungsvertrag angeboten werden, der sich automatisch um je ein weiteres Jahr verlängern würde, wenn er nicht von einer Seite gekündigt werde. Mit diesem Vertragswerk sei gleichzeitig eine Festschreibung der Anzahl der Personen und Wagen nach heutigem Stand verbunden.

Rudi, der dem Vorstand mit einem getränkebeladenen Tablett seine Aufwartung machte, bekam natürlich alles mit und kommentierte die Idee des »Bauamtes« gewohnt drastisch: »Denen hat wohl jemand ins Gehirn ge...«

»Ist gut«, unterbrach ihn Franziska noch gerade rechtzeitig, »wir wissen, was du meinst.«

»Was meine ich denn?« Rudi hatte es jetzt darauf abgesehen, dass seine Beschimpfung von einem Vorstandsmitglied zu Ende gebracht wurde.

»Wir haben begriffen, dass du die nun avisierte Lösung für suboptimal hältst«, enttäuschte Franziska ihn mit einem strahlenden Lächeln.

»Suboptimal«, grummelte er, »ha!« Er klemmte sich das Tablett unter den Arm und stapfte hinaus.

»So, Freunde«, übernahm Andreas nach Rudis Abgang das Wort, »das ist ja nun wirklich nicht das, was wir uns gewünscht hatten.«

Weiter kam er nicht – die Vorstandsmitglieder machten aus ihrer Empörung keinen Hehl.

Franziska lehnte sich zurück und ließ erst einmal den Druck vom Kessel entweichen: jeder durfte etwas dazu sagen. Alle Vorstandsmitglieder äußerten sich und zwei der Beisitzer schrammten mit ihrem Kommentar knapp an der Rudi-Ebene vorbei.

Dann beugte sie sich vor. »Auf die Gefahr hin, geköpft zu werden, möchte ich euch einen Vorschlag machen«, erklärte sie.

Die anderen, mit Ausnahme von Andreas, schauten sie entgeistert an.

»Sag bloß nicht, du willst da mitmachen?« Rechnungsführer Sebastian Baumgarten blickte ihr zweifelnd ins Gesicht und trommelte ungeduldig mit den Fingern der linken Hand auf dem Tisch.

Ursula Brettschneider ging noch einen Schritt weiter: »Dann könnt ihr euch gleich eine neue Schriftführerin suchen!«

»Nun wartet doch erst mal ab«, beschwor Andreas die meuternde Mannschaft, »ich glaube, Franziska hat eine Idee.«

Franziska nutzte die Atempause. »Passt auf, ich denke mir Folgendes: Das Bauressort will unsere Zustimmung, und zwar zu einem sehr heiklen Thema. Das darf dann auch seinen Preis haben. Versteht ihr? Die wollen was von uns, und wir können im Gegenzug ebenfalls Forderungen stellen.«

»Und was könnte das sein?« Sebastian Baumgarten schaute gespannt über den Rand seiner Brille, die er auf der Nasenspitze balancierte.

»Wenn ich sehe, was der Besetzer-Szene angeboten wird, dann können wir die Latte auch ziemlich hoch legen. Ich bin zwar noch neu im Verein. Aber ich habe gelernt, dass wir schon seit Jahren einen Wunsch haben, nämlich einen Wasseranschluss. Allein die angebotene Übernahme der Kosten durch den Verein hat das bisher verhindert, denn das lässt sich für uns nicht stemmen. Aber wenn wir jetzt die Chance haben, mit der Behörde einen Deal zu machen, sollten wir die Gelegenheit nutzen.«

Andreas war sofort an ihrer Seite. »Seht mal, faktisch ist es doch so, dass unsere Ablehnung dieser Paradiesvögel hauptsächlich bauchgesteuert ist. Die sind halt ein bisschen anders, aber sie haben bisher niemandem etwas getan, und sie sind relativ weit entfernt von unserem eigentlichen Parzellengebiet.«

Es dauerte noch eine Stunde und zwei Pils-Runden, um das Stimmungsbild zu verändern. Schließlich konnte Franziska sich mit fünf Ja-Stimmen bei zwei Enthaltungen durchsetzen. »Wir gehen also mit einem entsprechenden Auftrag in die Verhandlung mit den Behörden«, fasste Andreas das Ergebnis zusammen.

Gut gelaunt begaben sich Andreas und Franziska auf den Heimweg. »Du hättest mir deine Idee gerne schon vorher verraten können, dann hätte ich dich noch stärker und vor allem früher unterstützen können.«

»Hätt' ich gerne gemacht, aber das war tatsächlich eine Eingebung während der Sitzung«, meinte Franziska und hakte sich bei Andreas ein.

Die gute Stimmung fand nach der Ankunft auf Andreas' Parzelle ein schnelles Ende. Strelitz meldete sich auf Andreas' Handy.

»Herr Klapphorn, wir haben Gesprächsbedarf«, verkündete er in ungewohnt unterkühltem Ton. »Wir sehen uns bitte morgen früh um neun Uhr in meinem Büro.«

Andreas wurde trotz seiner Sonnenbräune etwas blass, bestätigte den Termin und beendete das Telefonat.

»Verdammte Scheiße«, sagte er leise.

Kapitel 23

Montag, 31. Juli, abends

Claudette Kampendonk befand sich in ihrem Verlies auf Wanderschaft. Fünf Schritte hin, fünf Schritt zurück. Sie spürte, dass sie bei aller Gelassenheit, zu der sie sich bislang gezwungen hatte, langsam auf einen kritischen Punkt zusteuerte.

Am Freitag hatte man sie entführt, nun ging der Montag zu Ende, ohne dass es Hinweise auf eine baldige Freilassung gab. Carl-Gustav müsste doch in der Lage sein, das Lösegeld – wie viel auch immer – aus Bordmitteln oder mit Unterstützung befreundeter Bankhäuser aufzutreiben.

Selbst wenn das Wochenende zur Verzögerung des einen oder anderen Schrittes zu ihrer Befreiung beigetragen haben sollte, müsste es eigentlich spätestens morgen Bewegung geben.

Sie brach ihren Fußmarsch ab und begab sich zum Licht- und Luftschacht, der seit Hereingabe des Abendbrotes wieder zugedeckt war. Diesmal wurden zwei Käsebrote heruntergereicht, dazu eine Flasche Mineralwasser und kühlen Sekt, der in einen Plastikbecher umgefüllt worden war.

Beim Schacht angekommen, verlangte sie mit lauter Stimme einen Block oder Vergleichbares sowie ein Schreibgerät. Würden ihre Entführer diesem Wunsch folgen, hätte Claudette die Möglichkeit, Botschaften niederzuschreiben und auf diese Weise mit ihren Peinigern zumindest indirekt in Kontakt zu treten.

Ein Schreibblock und ein Bleistift folgten nach kurzer Zeit und sie spürte, wie es ihr bei dieser Form zwischenmenschlicher Kommunikation warm ums Herz wurde. Sie begann, auf die erste Seite des Blockes Fragen zu schreiben, von denen sie hoffte, dass man sie ebenfalls auf dem Schriftwege beantworten würde.

- Wie hoch ist das Lösegeld?
- Wann werde ich freigelassen?
- Kann ich in irgendeiner Form zum Gelingen des Vorhabens beitragen?
- Ich bitte um frische Kleidung und um ein Deo. Danke.

Diese vier Fragen eröffneten den »lautlosen Dialog«, wie Claudette diese spezielle Form der Kommunikation für sich nannte. Sie riss die Seite vom Block ab und legte ihn mit den Resten des Abendessens auf das Tablett. Dies würde morgen früh hochgezogen und durch das Frühstück ersetzt werden. Damit würde es frühestens morgen Mittag eine Antwort geben.

So sehr sie auch das Fehlen einer direkten Gesprächsmöglichkeit beklagte, so sehr wusste sie doch zu schätzen, dass sich die Entführer nicht persönlich zeigten. Das konnte nur heißen, dass sie niemanden wiedererkennen sollte. Also würde es für sie hoffentlich eine Zeit nach der Entführung geben. Der kurze Moment des Gesprächs mit den vermeintlichen Kriminalbeamten hatte jedenfalls nicht gereicht, um als Basis für eine dezidiertere Personenbeschreibung zu dienen, jedenfalls versuchte sie dies in die Gedanken der Entführer zu beamen. Mit dieser sich selbst tröstenden Überlegung schaltete sie das Licht aus und versuchte, Ruhe für die Nacht zu finden.

Zur gleichen Zeit war auch ihr Mann auf Wanderschaft. Beim Rundgang durch seinen Wohnsitz standen Carl-Gustav Kampendonk allerdings deutlich mehr Quadratmeter zur Verfügung als seiner absentierten Gattin. Während er versuchte, Ordnung in seine Gedanken zu bringen, führte ihn sein Weg vom Empfangssalon durch die Bibliothek in das Billardzimmer und von dort ins Wohnzimmer mit dem skandinavischen Kaminofen, der jahreszeitbedingt

Betriebspause hatte. Er betrachtete die Porträts seiner Vorfahren, als erwarte er von ihnen väterliche oder großväterliche Ratschläge. Schließlich gelangte er in die Küche. Dem tagsüber anwesenden Personal hatte er von einer überraschenden Reise seiner Frau berichtet und so an dieser Flanke für Ruhe gesorgt. Die Vernehmung durch die Kriminalbeamten würde noch früh genug einsetzen.

Er hatte keine Vorstellung davon, wie diese Geschichte sich weiterentwickeln würde. Ihm war auch nicht klar, wie er zuverlässig Schaden von seiner Frau abwenden konnte – ihre Unversehrtheit stand für ihn bei allen Überlegungen im Vordergrund.

Daher war es ihm wichtig, dass er Strelitz und sein Team weiter aus dem Rennen halten musste, wenn die Entführung ein gutes Ende nehmen sollte. Dabei war ihm völlig klar, dass er von der Kripo beschattet wurde. Das war hinsichtlich seiner persönlichen Sicherheit zweifellos gut gemeint, für die Situation seiner Frau aber hochgradig kontraproduktiv. In der Tiefgarage seines Bankhauses befand sich ein Zweitwagen, der ihm den notwendigen Handlungsspielraum gab, ohne dass er mit Strelitz und Co. jeden Schritt absprechen oder seine Maßnahmen rechtfertigen musste.

Nachdenklich entkorkte er eine Flasche Beaujolais, gab ihm Zeit zum Atmen, während er sich auf einem rustikalen Holzbrett eine kleine Käseplatte anrichtete, und nahm dann in der Nähe seines Telefons in einem Sessel Platz. Er wollte auf keinen Fall Anrufe versäumen.

Kapitel 24

Montag, 31. Juli, abends

Die unterschiedlichen Auffassungen über Strategie und Taktik waren weiterhin Gesprächsthema in der Bauwagensiedlung. Die Qualität der Aussprache hatte sich von Beginn an auf einem schwachen Niveau bewegt und litt mit dem Vorrücken der Tageszeit zunehmend unter dem Alkoholkonsum der meisten Beteiligten.

Onno hatte vergeblich dafür plädiert, eine Marschroute zu entwickeln, an deren Ende der Verbleib an diesem Ort stehen könnte – nicht ahnend, dass an anderer Stelle dafür bereits die Weichen gestellt wurden.

Als schließlich die erste Haschisch-Pfeife kreiste, gab Onno für diesen Abend auf. Als Student der Sozialwissenschaften hatte er darauf gesetzt, die nötigen gruppendynamischen Prozesse in Gang setzen zu können, um eine wehrhafte Gemeinschaft zu entwickeln. Als Beispiel diente ihm das berühmte gallische Dorf, das erfolgreich Widerstand gegen die römische Besetzung organisiert hatte. Aber er musste schließlich einsehen, dass er es mit einer sehr heterogenen Gruppe zu tun hatte.

Die Unterschiede in den einzelnen Lebensläufen und die Beweggründe, sich den Normen und Werten der Gesellschaft zu verweigern, anstatt sie zum Maßstab des eigenen Handelns zu machen, waren als Klebstoff für das Entwickeln gemeinsamer Ziele offenbar ungeeignet oder zumindest nicht ausreichend.

Tatjana war noch eine Zeit in seinem Wagen bei ihm geblieben, um über mögliche weitere Schritte zu sprechen. Dann war sie aufgebrochen, um sich mit ihrem Freund zu treffen, den sie seit einigen Wochen an ihrer Seite hatte.

Onno erkundigte sich nach dem Beruf dieses Freundes. Tatjana lachte. »Glaub mir, das solltest du besser nicht wissen! Aber er heißt Olaf und ist ein ganz Lieber.« Damit setzte sie sich auf ihr Rad und begab sich wieder in eine zivilisiertere Gegend.

Onno blieb frustriert zurück, legte sich in seine Koje und zog die Decke über den Kopf. So bekam er auch nicht mit, dass weit nach Mitternacht Rasmus und das Mädchen mit der pinkfarbenen Halbfrisur mit ihren Fahrrädern, die früher einmal Besitzer im Stadtteil Findorff gehabt hatten, zu einer kleinen Einbruchstour in das Wegesystem des Kleingartens »Erntedank« aufbrachen.

Auch Franziska und Andreas fanden an diesem Abend lange keine Ruhe. Sie waren zum Übernachten in Andreas' Wohnung gefahren. Nachdem die Kinder im Bett waren, hörte Franziska einer Geschichte zu, die Andreas ihr zunächst widerwillig, dann aber immer flüssiger erzählte. Franziska unterbrach ihn nicht, stellte erst Fragen, als er mit seinem Bericht fertig war, und wusste schließlich, dass der Termin bei Kriminalrat Strelitz ziemlich ungemütlich werden konnte.

Kapitel 25

Dienstag, 1. August, morgens

Nach einer unruhigen, kurzen Nachtruhe und einem dürftigen Frühstück betrat Andreas pünktlich das Dienstzimmer des Kriminalrates. Franziskas Angebot, ihn zu begleiten, hatte er abgelehnt. »Da muss ich allein durch«, hatte er ihr erklärt, war aber eine schlüssige Begründung schuldig geblieben. Franziska, die sich an seine gelegentlichen Rückfälle in die Rolle des einsamen Wolfes gewöhnt hatte, akzeptierte schließlich seine Haltung. Immerhin hatte er sie eingeweiht, und das konnte sie schon als enormen Vertrauensbeweis werten. Also beschloss Franziska, nicht weiter zu insistieren.

Andreas wurde von Karl-Eberhard Strelitz und seiner Kollegin Kannengießer begrüßt – die persönliche Note, die sich im Zuge der letztjährigen Ermittlungen im Kleingartenverein »Erntedank« eingeschlichen und ihre Fortsetzung in gelegentlichen Treffen im Landheim gefunden hatte, fehlte gänzlich. Stattdessen herrschte ein amtlich-unterkühlter Ton.

»Nehmen Sie bitte Platz«, wies ihn Strelitz an, zeigte auf einen freien Stuhl an seinem kleinen Sitzungstisch und kam ohne Umschweife auf den Punkt.

»Wir haben inzwischen mit der Schule von Frau Hellwege Kontakt gehabt und konnten mit der Rektorin Ilse Westermann sprechen. Frau Westermann ist ja auch Ihre Vorgesetzte, denn Sie gehören ebenfalls zum dortigen Kollegium. Sie ist derzeit trotz der Sommerferien damit beschäftigt, die Stundenpläne für das kommende Schulhalbjahr zusammenzustellen. Nach dem Verlust von Frau Hellwege ist diese Aufgabe nicht gerade leichter geworden, zumal Frau

Hellwege ihr bei dieser Aufgabe in der Vergangenheit stets zur Seite gestanden hat.«

»Sie haben mich aber sicher nicht kommen lassen, um mit mir über fehlende Lehrerstunden und bildungspolitische Mangelverwaltung zu debattieren?«, erkundigte sich Andreas. Er war entschlossen, eine offensive Gesprächsposition zu beziehen und nach Möglichkeit auch zu behaupten.

Strelitz ließ den Einwurf unbeachtet, rückte seine Brille zurecht, fixierte Andreas und stellte dann seine Frage: »Herr Klapphorn, warum haben Sie uns nichts über die Spannungen zwischen Ihnen und Frau Hellwege erzählt?«

Andreas lehnte sich zurück, versuchte, eine entspannte Haltung einzunehmen, und beschied den Kriminalrat mit einer kurzen Antwort: »Weil ich nicht erkennen kann, dass die Dissonanzen zwischen Frau Hellwege und mir etwas mit ihrem Tod zu tun haben könnten.«

»Es wäre schön gewesen, wenn Sie *uns* diese Schlussfolgerung überlassen hätten«, brachte sich erstmals Konstanze Kannengießer ein.

»Fakt ist jedenfalls, dass das Verhältnis zwischen Ihnen als zerrüttet gelten konnte«, stellte Strelitz fest.

Andreas schüttelte den Kopf. »Nein«, entgegnete er, »es gab zwischen uns kein Verhältnis. Deshalb konnte es auch nicht zerrüttet sein.«

Strelitz atmete tief durch. »Ich meinte das eher generell. Kollegial und auf den Betrieb bezogen.«

»Nein, das meinten Sie nicht«, widersprach Andreas mutig. »Sie befinden sich auf der Suche nach Tatverdächtigen und Motiven. Und da fischen Sie natürlich zuerst im unappetitlichen Teil dieser Brühe.«

Strelitz ging über diese provokante Bemerkung hinweg. »Erzählen sie uns bitte aus Ihrer Sicht, was damals vorgefallen ist«, forderte er Andreas auf.

»Nun, die Begleitung von Klassenfahrten gehört schon lange nicht mehr zu den Top-Ten der Aufgaben im pädagogischen Alltag. In den Sekundarschulen fallen viele Reisen aus, weil die lieben Kleinen nicht mehr zu bändigen sind, und allmählich greift das auch auf die Schülerjahrgänge drei und vier über.«

»Aber Sie hatten sich damals trotzdem bereiterklärt, mitzumachen?«, versuchte Strelitz Andreas in Widersprüche zu verwickeln.

»Ja. Ich war für jede Abwechslung dankbar, denn mir war gerade meine Familie abhanden gekommen«, erinnerte sich Andreas. »Ich war zwar nicht begeistert, diese Exkursion mit Sabine Hellwege unternehmen zu müssen, aber man kann sich seine Begleitung nicht immer aussuchen.«

»Sie waren nicht begeistert? Hatten sie schon zuvor Ärger mit der Kollegin?«, schaltete sich Konstanze Kannengießer ein.

»Nicht direkt. Aber im Kollegium war bekannt, dass sie männertoll war. Nymphoman, verstehen Sie?«

»Ja, doch, danke«, bestätigte der Kriminalrat. »Und wie ging es dann weiter?«

»Ich fühle mich nicht wohl dabei, jetzt über eine verstorbene Kollegin berichten zu müssen. Sie würde die Dinge zweifellos anders schildern, als ich es tue.«

»Ich fürchte, Herr Klapphorn, derartige Sentimentalitäten können Sie sich in Ihrer Situation gar nicht leisten.«

Andreas zuckte zusammen. Er sah ein, dass man ihm falsche Rücksichtnahme allenfalls als Schwäche auslegen würde. Außerdem hatte Sabine seinerzeit genug Schaden angerichtet. Zeit, das eine oder andere geradezurücken.

»Also gut: Wir hatten nach einem anstrengenden ersten Tag die Meute im Bett. Gegen zehn Uhr konnten wir sicher sein, dass die Bande fest schlief. Sabine und ich hatten getrennte Zimmer, aber sie war noch bei mir auf ein Glas Wein gelandet. Sie können mir glauben, dass man das nach einem Tag Klassenfahrt benötigt. Nach dem Glas wollte ich dringend meinem Schlafbedürfnis nachgehen. Sabine, ich meine

Frau Hellwege, hatte aber andere, ganz eigene Vorstellungen vom weiteren Verlauf des Abendprogramms.«

»Nämlich?«, hakte Strelitz nach, als Andreas' Bericht ins Stocken geriet.

»Sie ist mir an die Wäsche gegangen«, antwortete Andreas. »Ersparen Sie mir das Darlegen von Einzelheiten – sie ist jedenfalls zum Generalangriff übergegangen. Ich habe sie abgewehrt, denn das, was sie vorhatte, war das Letzte, wonach mir der Sinn stand. Ich wollte nach meinem Ehe-Desaster erst einmal Abstand. Nur der Begriff ›Abstand‹ kam bei Sabine Hellwege nicht vor. Sie suchte das Gegenteil. Ich hab sie schließlich aus meinem Zimmer rausgeworfen.«

»Wie ging die Fahrt dann weiter?«

»Extrem unterkühlt. Mir war klar, dass ich mir eine Feindin geschaffen hatte, denn eine verschmähte Frau lässt eine solche Abfuhr nicht auf sich sitzen.«

»Sie hat dann nach der Rückkehr eine Dienstaufsichtsbeschwerde gegen Sie eingereicht?«

»Ja. Ich hatte mit einigem gerechnet, aber das war deutlich jenseits dessen, worauf ich gefasst war. Jegliche Form des Mobbens im Schulalltag hätte ich ihr zugetraut, aber eine solche Nummer – da war ich doch sprachlos.«

»Sie sind aber nicht sprachlos geblieben ...«

»Nein. Ich habe gegen die in der Dienstaufsichtsbeschwerde erhobenen Vorwürfe der sexuellen Nötigung Verleumdungsklage eingereicht.«

»Wie hat die Schulleitung reagiert?«

»Frau Westermann war um den guten Ruf der Schule besorgt und hat uns beschworen, den Konflikt intern zu bereinigen. Ich muss sagen, dass sie so klug war, sich auf keine Seite zu schlagen. Sie bot lediglich Vermittlung an. Das hat dann aber der Oberschulrat übernommen. Das Ergebnis kennen Sie sicher von Frau Westermann: Wir bemühen uns seitdem, Frieden zu halten, indem wir uns aus dem Weg gehen.«

»Wie haben Sie reagiert, als Frau Westermann die Leitung des Schulgartens übertragen bekam? Schließlich war das doch Ihre Idee gewesen«, erkundigte sich Konstanze Kannengießer.

»Ich habe mich bei Frau Westermann beschwert, aber sie hat auf die Fachkompetenz von Frau Hellwege verwiesen. Daran konnte ich letztlich nicht rütteln – ich bin für Musik und im Übrigen auch für Sport zuständig, und Frau Hellwege ist … war in den naturwissenschaftlichen Disziplinen zu Hause. Als sie dann sogar Preise für das Projekt einheimste, war das für sie natürlich eine große Genugtuung, zumal der Schulgarten ja direkt neben meiner Parzelle liegt.«

»Und wie war das für Sie?«, setzte Strelitz nach.

»Grenzwertig«, räumte Andreas ein.

»Herr Klapphorn, Ihnen ist klar, dass wir hier an einem sehr schwierigen Punkt unserer Ermittlungen stehen«, ergriff Strelitz wieder das Wort. »Sie haben ein Motiv und Sie hatten als direkter Nachbar Gelegenheit zur Tat. Eine der möglichen Optionen wäre, Sie in U-Haft zu nehmen.«

Andreas lehnte sich zurück. »Ich fürchte, Sie liegen da falsch. Ich habe kein Motiv, weil eine Dienstaufsichtsbeschwerde kein Grund ist, jemanden zu töten. Zumindest nicht für mich. Zweitens habe ich nicht die Gelegenheit zur Tatdurchführung gehabt, weil ich mich zur Tatzeit, die sich, wie ich höre, in den frühen Morgenstunden bewegt, nicht auf meiner Parzelle, sondern im Bett meiner Lebensgefährtin war. Und drittens habe ich ein Alibi – Frau Morgenstern kann bezeugen, dass ich bei ihr geschlafen habe. Und mit ihr«, setzte er trotzig hinzu.

Der Kriminalrat wusste, dass er für den Moment geschlagen war. Aber er wollte nicht sofort klein beigeben: »Herr Klapphorn, Sie wissen natürlich, dass ein Alibi der Lebensgefährtin ein schwaches Alibi ist – möglicherweise das schwächste, dass es geben kann. Überdies: Wer will ausschließen, dass Frau Morgenstern einen festen Schlaf hat und sie für eine halbe Stunde unterwegs waren? Länger benötigt man nämlich nicht, soweit ich weiß, für den Weg zwischen Wohnung Morgenstern und Parzelle Klapphorn, hin und zurück, wohlgemerkt.«

Andreas wollte aufbegehren, aber Strelitz setzte noch einmal nach: »Verstehen Sie mich bitte richtig, Herr Klapphorn, ich sage nicht, dass es so war. Ich glaube auch nicht, dass es so gewesen ist. Aber die theoretische Möglichkeit besteht. Und ich wäre ein schlechter Kriminalist, wenn ich diese Option von vornherein verwerfen würde.«

»Gut«, meinte Andreas, »dann bleibe ich also auf der Liste der Tatverdächtigen, darf aber dennoch gehen.«

»Nicht ganz richtig«, antwortete Strelitz, der es nicht lassen konnte. »Sie sind bisher der *einzige* Name auf der Liste und dürfen trotzdem gehen. Aber um ehrlich zu sein – ich hätte Sie so oder so gehen lassen, denn bei Ihnen sehe ich keine Fluchtgefahr. Nicht, so lange Sie für Ihre Kinder sorgen müssen.«

Kapitel 26

Dienstag, 1. August, morgens

Die Palette der Lebensläufe, die in der Aussteiger-Szene des Kleingartenvereins »Erntedank« anzutreffen war, konnte unterschiedlicher kaum sein. Streng genommen bildete sich hier die Großstadt als deckungsgleicher Mikrokosmos ab.

Da gab es eine junge Frau, ursprünglich von makelloser Schönheit, wenn sie nicht entschlossen gewesen wäre, sich dieser Tatsche zu verweigern und mit einer Mixquirl-Frisur, etlichen Piercings und einem dunklen Schlabberlook aus dem Kleidercontainer wie eine Kreuzung aus Aschenputtel und Britney Spears zu wirken.

Dann gab es den abgebrochenen Studenten, der im siebten Semester sein Medizinstudium abgebrochen und sich dem Leistungsdruck der Akademikerfamilie entzogen hatte – eine Familie, die keine echte Zuwendung bereit hielt, sich von Erziehungsaufgaben durch das Entsenden in Reit-, Fecht- und Klavierstunden freigekauft hatte und mit hochbezahltem Nachhilfeunterricht zur Stelle war, wenn die Zensuren in irgendeiner Disziplin unterhalb des Prädikates »gut« abzurutschen drohten.

Daneben gab es auch Vertreter deutlich anderer Milieus – groß geworden bei Eltern mit ständig wechselnden Partnern, mit Geschwistern von verschiedenen Vätern, geprägt vom Alkohol- und Drogenkonsum ihres Umfeldes, ohne Schul- oder Lehrabschluss und fast ohne Chance auf dauerhafte Anstellung. Ein oder zwei verstanden sich als radikale Linke, die die Umverteilung der Güter zwischen arm und reich propagierten, jedoch ohne Bereitschaft, ihr letztes Bier mit dem Typen aus dem Bauwagen nebenan zu teilen.

Zugegen waren auch eine Handvoll junger Leute mit ökologischer Grundhaltung und entsprechendem Sendungsbewusstsein. Sie übten sich in alternativen Lebensformen, die für das Gesamtsystem »Erde« zweifellos bekömmlicher waren als die Umweltsünden der Industriegesellschaft.

Quer durch dieses menschliche Sammelsurium verteilt befanden sich schließlich auch etliche temporär als kleinkriminell sich Betätigende, die ihren Drogen- und Alkoholbedarf durch Einbrüche, Taschendiebstähle auf dem Wochenmarkt oder Autoaufbrüche in Findorffs Wohnstraßen finanzierten.

Und es gab Onno, den Studenten der Sozialwissenschaften, der diese Bauwagensiedlung insgeheim als Studienobjekt betrachtete – ideal, um das Funktionieren und Scheitern der zum Teil von ihm angestoßenen oder beeinflussten gruppendynamischen Prozesse zu verfolgen und zu dokumentieren.

Onno war an diesem Abend nicht nur der Aufbruch von Rasmus und seiner Begleiterin Nicole mit der abenteuerlichen, pinkfarbenen Frisur entgangen. Auch die Rückkehr der beiden verpasste er, weil er sich früh in seinen Wohnwagen zurückgezogen hatte. Daher sah er nicht, mit welcher Beute Rasmus und Nicole zurückkamen. Zwei oder drei Bauwagen-Bewohner waren noch wach und saßen vor ihren Behausungen. Das Lagerfeuer in der Mitte der Wagen war jedoch schon weitgehend heruntergebrannt, und die noch präsenten Aussteiger waren dank intensiver Alkoholzufuhr bereits in einem Zustand, der die Wahrnehmung von Feinheiten ausschloss.

So kamen Rasmus und Nicole unbemerkt in ihren Bauwagen und zogen aus einem blauen Müllsack die Ernte dieser Nacht. Zum Vorschein kamen unterschiedliche Flaschen mit hochprozentigem Inhalt, ein paar Zinnbecher, eine antike Wanduhr und ein Koffer, der gerade noch auf den Gepäckhalter eines Fahrrades passte.

»Da muss irgendetwas drin sein, sonst wäre er leichter«, überlegte Nicole.

»Oh Mann, natürlich ist da was drin«, stöhnte Rasmus gereizt und schraubte eine Flasche Wodka auf. »Wir müssen das Teil nur aufkriegen, dann wissen wir mehr.«

»Vermutlich Klamotten«, argwöhnte Nicole.

»Ja, logisch, und deshalb ist da auch ein Zahlenschloss dran«, giftete ihr Kompagnon.

Nicole drehte den Koffer hin und her, schüttelte ihn und begann, an dem Zahlenschloss zu hantieren.

»Was hast du denn jetzt vor?«, fragte Rasmus.

»Ja, was wohl, ich will das Ding aufmachen.«

»Du willst ein fünfstelliges Zahlenschloss knacken?«

»Wie würdest du denn daran gehen?«

»Ich borg mir morgen bei Carsten Werkzeug, und dann wird das Teil aufgestemmt!«

»Und jeder weiß dann über den Koffer und den Inhalt Bescheid, und außerdem ist er nach deiner Behandlung hinüber. Dabei ist das ein edles Teil, der kann noch Geld bringen, selbst wenn der Inhalt aus alten Tapetenresten besteht.«

»Meinetwegen kannst du dich die ganze Nacht mit dem Zahlenschloss vergnügen. Ich hau' mich jetzt hin«, verkündete Rasmus und zog sich eine Decke über den Kopf.

Nicole drehte an den Zahlen. »100 000 verschiedene Möglichkeiten«, überlegte sie. »Na denn mal los.«

Fünf Stunden später, um sieben Uhr morgens, hörte Rasmus ein metallisches Klacken, ein »Ja!« und Sekunden später ein leises »Boah ey«. Im nächsten Moment bekam er einen Ellbogen in die Seite gerammt. »Au!«

»Rasmus! Wach auf! Wach auf und guck dir das an!«

»Was is'n los? Hast du den Heiligen Gral gefunden, oder einen alten Picasso?«

Er schraubte sich aus seiner Decke und sah den auf Nicoles Knien geöffneten Koffer.

»Oha.«

Kapitel 27

Dienstag, 1. August, morgens

Bankier Kampendonk saß in der Runde des Ermittler-Teams im Zimmer des Kriminalrates Strelitz. Rudolf bearbeitete zeitgleich keuchend die mit Kaffeepulver angereicherte Filtertüte. Kampendonk beobachtete die Dampf- und Geräuschentwicklung dieses kleinen Kraftwerks misstrauisch. »Ob Sie eventuell in ein neues Gerät investieren sollten?«

Rudolf reagierte mit einem empörten Zischen.

»Auf keinen Fall«, wehrte Strelitz ab. »Ohne Rudolf würde mir etwas fehlen.«

»Na, dann will ich das gute Stück nicht in Frage stellen«, meinte der Bankier. Rudolf schien wieder gleichmäßiger zu arbeiten.

Strelitz rückte seine Brille zurecht. »Herr Kampendonk, ich habe Sie um dieses Gespräch gebeten, um Sie zu überzeugen, dass wir nunmehr offiziell tätig werden sollten.«

Kampendonk machte eine abwehrende Handbewegung.

»Ich kann Ihre Sorge um das Wohlergehen Ihrer Frau gut verstehen«, fuhr Strelitz unbeirrt fort. »Aber lassen Sie uns Bilanz ziehen. Der oder die Entführer melden ihre Forderung bei Ihnen an, die Geldübergabe wird vereinbart und vollzogen. Das Geld landete aber offenbar in den Händen Dritter. Das behaupten zumindest der oder die Entführer. Mich bewegen jetzt zwei Fragen: Warum gibt es keine neue Forderung? Und was bedeutet die fehlgeschlagene Übergabe und das Ausbleiben einer neuen Forderung für das Schicksal Ihrer Frau?«

»Worauf wollen Sie hinaus?« Der Bankier saß angespannt auf der vordersten Kante des Besucherstuhls.

»Ich versuche, mir die im Moment denkbaren Szenarien vor Augen zu führen. Entweder hat man die Entführung nach der fehlgeschlagenen Übergab abgebrochen. Dann ist zu fragen, was aus Ihrer Frau geworden ist. Oder man will die Sache fortsetzen. Dazu gehören jedoch eine neue Forderung und neue Anweisungen. Oder die Behauptung vom verloren gegangenen Lösegeld war ein Märchen, das dem oder den Entführern einen Vorsprung verschaffen soll. Auch das wäre für Ihre Frau keine günstige Option, es sei denn –« Strelitz hielt inne und musterte sein Gegenüber.

»Es sei denn was?«, schnappte Kampendonk.

»Es sei denn, dass ihre Frau bei der ganzen Geschichte mit von der Partie ist. Auf der Entführerseite. Sie verstehen?«

Unter Heranziehung des von Bankier Kampendonk nun geäußerten Wortschatzes konnte durchaus konstatiert werden, dass er wegen Strelitz' letzter These die Contenance verlor. Der Kriminalrat lehnte sich zurück und überließ es Konstanze Kannengießer, mäßigend auf den Bankier einzuwirken. Gemeinsam mit Olaf Knispel gelang es ihr tatsächlich, Kampendonk wieder zu gleichmäßiger Atmung und gesunder Gesichtsfarbe zu verhelfen.

»Das ist unerhört und das Abwegigste, was ich je gehört habe«, zürnte er abschließend. Es hörte sich an wie das Grollen eines langsam abziehenden Gewitters.

»Es hilft nichts, ich muss als Kriminalist alle denkbaren Optionen durchgehen und kann dabei keine Lösungsvariante verwerfen, nur weil sie im ersten Moment realitätsfremd erscheint. Sie kennen doch sicher den Spruch mit den Pferden vor der Apotheke?«

»Ja, sicher. Aber ich muss mir eingestehen, es langsam zu bereuen, Sie ins Vertrauen gezogen zu haben. Es bleibt bitte dabei – Sie tun nichts ohne meine ausdrückliche Einwilligung!«

Mit diesen Worten erhob er sich, schaute kurz auf seine Armbanduhr, deutete eine Verbeugung an und wünschte noch einen guten Tag.

»Na wunderbar, jetzt sind wir so weit wie zuvor. Olaf, übernehmen Sie bitte wieder die Beschattung von Herrn Kampendonk. Im Augenblick treten wir auf der Stelle. Aber das gibt uns Zeit für den Mordfall Hellwege. Konstanze, wir beide werden jetzt endlich Frau Hellweges Wohnung inspizieren und ein Wort mit ihrer Schwester reden, die einzige nahe Angehörige, die sie hatte.«

Kapitel 28

Dienstag, 1. August, mittags

Als Andreas Klapphorn vom Kommissariat mit dem Rad zurückfuhr, befanden sich die übrigen Teilnehmer der kleinen Lebensgemeinschaft im Arbeitseinsatz: Julia wässerte den Rasen – was man eigentlich morgens oder abends tun sollte –, Johannes säuberte die vier auf der Parzelle aufgehängten Nistkästen, und Franziska bewegte in der Gartenlaube den Staubsauger. Keiner der drei schien indes bei der Sache zu sein – die Arbeit diente offenbar lediglich der Ablenkung, um die Zeit bis zu einem Lebenssignal von Andreas zu überbrücken.

Als der jetzt den Garten betrat, unterbrachen die drei ihre Aktivitäten und stürzten sich auf ihn.

»Papa, bist du nicht verhaftet worden?«, wollte Johannes wissen.

»Musst du da noch mal hin?«, fragte Julia.

Franziska hatte den beiden in einfachen Worten erklärt, warum ihr Vater einen Termin bei der Polizei hatte und war dabei bemüht gewesen, möglichst unaufgeregt zu erscheinen. Die Kinder hatten dabei sein wollen, aber Franziska musste den Kopf schütteln:

»Nicht mal mich will er dabei haben«, hatte sie mit leiser Stimme geantwortet und damit ungewollt unterstrichen, dass es sich um ein sehr ernstes Gespräch handelte.

Andreas genoss das kleine Bad in der kleinen Menge. »Fehlt nur noch ein Hund, der uns umkreist, an uns hochspringt und fröhlich bellt«, meinte er.

Er wurde in die Hollywoodschaukel neben der Grillecke gedrängt und genötigt, zu berichten.

»Erzähl, was wollten die von dir?«, bohrte Julia.

»Also, das war überhaupt nicht so dramatisch, wie ihr euch das wahrscheinlich vorstellt«, wehrte Andreas ab. »Die hatten ein paar Fragen zu Frau Hellwege. Ihr wisst, das ist die Frau, die bei mir nebenan auf der Parzelle gefunden wurde.«

»Kanntest du die denn?«, beteiligte sich Johannes intensiv am Kreuzverhör.

»Ja, das habe ich euch doch schon erzählt.«

»Und hatten die dich in Verdacht?« Julia traf den Nagel auf den Kopf.

»So kann man das nicht sagen. Wisst ihr, solange ein solcher Fall unklar ist, sagt die Kriminalpolizei immer, dass sie in alle Richtungen ermittelt«, wehrte Andreas ab.

»Und das heißt natürlich, dass sie allen möglichen Leuten unmögliche Fragen stellt«, ergänzte Franziska.

»Und haben sie dir geglaubt?« Johannes war mit dem Thema noch lange nicht fertig.

»Kinder, Kinder«, lachte Andreas, »ihr seid ja schlimmer als die Polizei!«

Damit hatte er die Spannung gelöst. Heiterkeit und Erleichterung griffen um sich, und es wurde beratschlagt, was man heute essen wolle. Die Entscheidung entsprach der Stimmungslage: Das Essen wurde auf den Abend verschoben und sollte beim Griechen in der Neukirchstraße stattfinden. Dort konnte man gleichzeitig »Tschüs« sagen, denn in der nächsten Woche wollte der Gastwirt mit seiner Familie einen Monat lang in sein Heimatland reisen.

»Dann fahr ich heute Nachmittag noch ins Krankenhaus, meinen Nachbarn Hermann besuchen«, entschied Franziska.

»Das ist gut, grüß ihn schön, und er soll bald wiederkommen«, bat Andreas.

Franziska schwang sich gegen 15 Uhr auf ihr Rad und erreichte das St. Joseph-Stift eine knappe halbe Stunde später. An der Rezeption bekam sie Auskunft über das Krankenzimmer, musste aber auf dem Weg dorthin mehrmals nachfragen, da das Gebäude, wie sie für sich befand, etwas unübersichtlich angeordnet war. Als sie den richtigen Flur erreichte, geriet sie in eine Chefarztvisite, die zu ihrem Erstaunen erfreulich leger verlief. Sie kannte solche Prozessionen nur mit strengen Strukturen – an der Spitze der Professor als fleischgewordener Messias, hinter dieser Lichtgestalt flankierend die Oberärzte, dahinter die Assistenzärzte und wiederum in gebührendem Abstand das Fußvolk: Oberschwester, Schwester, Pfleger. Jeder darauf bedacht, noch eine Kaste unter sich zu haben, stets gewärtig, Tadel und Rüge von den vorgesetzten Ebenen zu empfangen, und ebenso bereit, die Gemeinheiten jederzeit nach unten weiterzureichen.

Hier war das deutlich anders: Ein Knäuel schwatzender und lachender Menschen bewegte sich ohne klare Marschordnung über den Flur und drang schließlich in ein Zweibettzimmer ein. Es war glücklicherweise nicht das von Hermann Schilling, sondern lag gegenüber.

Franziska fand Hermann auf seinem Krankenlager. Er hatte ganz augenscheinlich seine Talsohle durchschritten und konnte schon wieder aufstehen. Franziska hakte sich bei ihm ein und stützte ihn dezent, während sie das Zimmer verließen, zum Ende des Flurs gingen und dort in einer gemütlichen Sitzecke Platz nahmen. Bevor Hermann sich zur eigenen Befindlichkeit äußerte, wollte er wissen, wie es Friedhelm gehe. Franziska konnte ihn beruhigen. Friedhelm war bei Rudi Klingebiel in Pflege, dieses Arrangement hatte sich für beide als vorteilhaft erwiesen – Friedhelm blieb in einer ihm bekannten Umgebung und Rudi hatte für sein Landheim einen Wachhund, der allerdings selten zwischen Gästen und unbefugt eindringenden Personen mit letzter Sicherheit zu unterscheiden wusste.

Danach kam Hermann auf sich selbst zu sprechen. Er habe einen Stent eingesetzt bekommen und die Ärzte seien sehr zufrieden mit ihm. Ende der Woche komme er in eine Reha-Einrichtung. »Meine erste Kur«, freute er sich. »Mal sehen, was mich da erwartet.«

Zehn Minuten später war eigentlich alles gesagt und Franziska machte sich bereit, den Rückzug anzutreten.

Sie war schon aufgestanden und wollte Hermann in sein Zimmer zurückbringen, als er sagte: »Moment, da fällt mir noch was ein. Am Tag vor meinem Kollaps war ich abends noch mit Friedhelm Gassi gehen. Am Bahndamm, da wo Niemandsland ist. Du kennst die Ecke bestimmt auch.«

»Aha«, machte Franziska höflich interessiert und nahm wieder Platz. Was kommt jetzt?, dachte sie. Hat er da noch ein amouröses Abenteuer erlebt? Oder einen seltenen Schmetterling gefangen? Auf jeden Fall wollte sie bald aufbrechen dürfen, denn Krankenhäuser gefielen ihr gar nicht.

»Tja, und dann kam ein Zug vorbei. Ein Personenzug. Und ob du's glaubst oder nicht, auf einmal fliegt mir doch ein Koffer um die Ohren. Der hätte Friedhelm fast erschlagen. Ich hab ihn gleich aufgesammelt – nein, nicht Friedhelm, sondern den Koffer. Den hab ich aber nicht aufgekriegt, er hat so ein komisches Zahlenschloss. Der Koffer, nicht Friedhelm. Hermann kicherte. Franziska starrte ihn sprachlos an.

»Den Koffer wollte ich am nächsten Tag zum Revier bringen, oder zum Fundbüro. Aber daraus ist dann ja nichts mehr geworden. Aber du hast doch einen Zweitschlüssel für meine Laube. Kannst du den Koffer abliefern? Er liegt oben auf dem kleinen Kleiderschrank.«

Kapitel 29

Dienstag, 1. August, nachmittags

Karl-Eberhard Strelitz und seine Kollegin Konstanze Kannengießer saßen auf dem Balkon der Eigentumswohnung von Hanna Hellwege im vierten Geschoss und genossen den Blick, der über das Neubaugebiet Weidedamm bis zu den Domtürmen in der Innenstadt reichte.

»Eine bemerkenswerte Aussicht«, stellte Strelitz anerkennend fest und Konstanze bestätigte diese Einschätzung, die allerdings auch keinen großen kriminalistischen Spürsinn erforderte.

Beide waren froh, dass ihre Gastgeberin ihnen anstelle von Kaffee einen Eistee angeboten hatte.

Hanna Hellwege nahm einen tiefen Zug aus ihrem Glas. »Diese Aussicht hat natürlich ihren Preis«, erklärte sie. »Anfangs war die Ausweisung als Baugebiet ziemlich umstritten. Hier befand sich zuvor ein großes Kleingartengebiet, wo der älteste Kleingartenverein Bremens ansässig war. Es hat ein jahrelanges Tauziehen mit Eigentümern, Initiativen, Besetzern, Politik und Behörden gegeben. Die Mitglieder der Initiative, die sich für den Erhalt des Gebietes in den ursprünglichen Strukturen eingesetzt hatten, sind schließlich in den Bremer Norden umgesiedelt worden. Die illegalen Besetzer mussten im Zuge der Gebietsräumung ihren Widerstand aufgeben, danach wurde neu gebaut. Mittelpunkt ist diese wunderbare Fleetanlage.« Hanna Hellwege war aufgestanden und hatte den Arm über die Brüstung gestreckt. In dieser Haltung erinnerte sie stark an Moses, der im Begriff stand, das Rote Meer zu teilen.

»Allein das direkte Angrenzen an den Bürgerpark« – sie zeigte jetzt in östliche Richtung auf eine imposante Baumkulisse – »beförderte die Grundstückspreise in eine beachtliche Höhe. Aber dieses Neubaugebiet hat auch Schwächen: Es sollte ursprünglich alles autofrei konzipiert werden, aber man hat noch rechtzeitig gemerkt, dass das nicht durchhaltbar sein wird. So ist es jetzt zu einem Straßen- und Wegenetz gekommen, das dem motorisierten Verkehr eine untergeordnete Rolle zuweist. Außerdem haben wir dort drüben noch die Buslinie 27.« Hannas Arm schwenkte in südwestliche Richtung. »Aber wehe, Sie brauchen nachts einen Arzt. Der findet sie nicht in diesem Irrgartensystem.«

Strelitz suchte eine Fluchtmöglichkeit aus diesem heimatkundlichen Grundsatzvortrag, der auszuufern drohte. Bei allem Interesse an dieser Thematik wollte er nicht aus den Augen verlieren, was ihn mit seiner Kollegin hierher getrieben hatte.

»Arzt ist ein gutes Stichwort«, hakte er jetzt ein. »Ihrer Schwester, um derenthalben wir mit Ihnen zusammensitzen, hätte auch von einem rechtzeitig eintreffenden Arzt und den Mitteln der modernen Medizin nicht gerettet werden können.«

»Sie hat einen Genickbruch erlitten?«

»Ja, und wie unsere Gerichtsmedizin bestätigt, stimmen Fundort und Tatort überein. Nach jetzigen Erkenntnissen ist sie rückwärts gestürzt oder gestoßen worden und dabei mit dem Genick auf die Metallkante eines Arbeitstisches gefallen.«

In Hannas Gesicht zeigte sich Bewegung, doch sie blieb beherrscht. »Können Sie schon etwas zu den Hintergründen sagen?«, erkundigte sie sich.

»Derzeit ermitteln wir noch in alle Richtungen«, strapazierte Strelitz den General-Textbaustein der Kriminalpolizei. »Ist Ihnen in der jüngeren Vergangenheit etwas an Ihrer Schwester aufgefallen? Ein verändertes Verhalten? Neue Weichenstellungen oder Personen, die eine Unterbrechung der eingefahrenen Lebensgleise verursacht haben könnten?«

Hanna dachte kurz nach. »Nein«, meinte sie dann. »Nichts, was ich wüsste. Allerdings war sie niemand, der mit seinen persönlichen Angelegenheiten hausieren ging. Auch mir gegenüber nicht.«

»Standen Reiseabsichten im Raum?«

»Nein, und da sie vorzugsweise mit mir gereist ist, kannte ich ihre Reisepläne. Wir sind ja beide Singles –«

Konstanze fiel ihr ins Wort. »Zum Stichwort ›Single‹ würde ich gern mehr hören. Wir haben in unseren bisherigen Ermittlungen festgestellt, dass ihre Schwester eine … wie soll ich sagen … sehr auf Männer zugehende Lebensweise pflegte. Können Sie das bestätigen?«

Hanna lehnte sich mit verärgertem Gesichtsausdruck zurück. »Dieses Märchen hat sicher der Kollege in die Welt gesetzt, mit dem sie vor ein paar Jahren diese unerfreuliche Auseinandersetzung hatte.«

»Können Sie uns mehr dazu sagen?«, forschte Strelitz.

»Nein, Sabine sprach nicht gern darüber. Und soweit ich weiß, gab's schließlich eine Übereinkunft zwischen den beiden, über diese Angelegenheit nichts mehr verlauten zu lassen.«

»Wie war das Verhältnis zwischen Ihnen und Ihrer Schwester?«, wollte Konstanze wissen.

»Wie gesagt, wir verreisten gemeinsam, aber außerhalb dieser Urlaubsfahrten hatten wir jeder unsere eigenen Lebensinhalte. Sie war Lehrerin, und ich führe eine Apotheke. Bevor Sie es von Dritten erfahren, will ich aber gern zu Protokoll geben, dass wir vor fünf Jahren für eine kurze Zeit Sendepause hatten.«

»Nennen Sie uns den Grund?«, zeigte sich Konstanze interessiert.

Hanna Hellwege stocke kurz. Dann kam die Erklärung: »Wir hatten uns beide in denselben Mann verguckt. Ich hatte ihn zuerst und meine Schwester hat sich dann dazwischen gedrängt.«

»Mit Erfolg?«

»Wenn Sie die Tatsache, dass es weder ihr noch mir gelang, mit dem Mann eine dauerhafte Beziehung aufzubauen, als Erfolg werten wollen, ja.« Die Erinnerung setzte ihr offensichtlich noch immer zu. »Ich habe seitdem keine neue Beziehung mehr angestrebt«, ergänzte sie.

»Und dennoch hat es für gemeinsame Reisen eine tragfähige Basis gegeben?«

»Mehr noch«, antwortete Hanna. »Nachdem unsere Mutter starb – unser Vater ist bereits zehn Jahre vor ihr gegangen –, haben wir uns hier zwei Eigentumswohnungen gekauft. Sabine wohnt … wohnte direkt nebenan.«

»Darauf wären wir noch zu sprechen gekommen«, mischte sich Strelitz wieder ins Gespräch ein. »Wir würden uns die Wohnung gern ansehen.«

»Ja, sicher«, stimmte Hanna zu. »Ich bin seit der Nachricht von ihrem Tod noch gar nicht drüben gewesen. Irgendwie konnte ich das nicht.«

Strelitz erhob sich. »Wollen wir dann?«

Sie marschierten durch Hannas Wohnung. Im Flur fingerte sie den Schlüssel vom Brett.

Die Wohnung von Sabine Hellwege vermittelte einen sehr aufgeräumten Eindruck. Kein abwaschbedürftiges Geschirr, keine offene Schranktür oder Schublade. Nichts lag herum, nicht einmal eine Fernbedienung oder eine Zeitschrift. Auch im Bad herrschte perfekte Ordnung.

»Können wir bitte auch einen Blick in das Schlafzimmer werfen?«, bat Strelitz.

»Gerne«, Hanna Hellwege vergrub sich in einer leichten Strickjacke, als fröstele sie. Sie öffnete die letzte noch verschlossene Tür und gab den Eingang frei. Strelitz und Konstanze betraten das Zimmer. Hanna folgte. Ihr erster Blick fiel auf ein abgezogenes Bett und vier prall gepackte Koffer.

Kapitel 30

Dienstag, 1. August, nachmittags

In der Bauwagen-Szene herrschte große Aufregung. Zunächst hatten Rasmus und Nicole den Inhalt des Koffers fassungslos angestarrt.

»Das gibt's doch gar nicht. Das träum' ich doch. Soviel Geld gibt's doch gar nicht auf einem Haufen«, stammelte Rasmus.

»Das sind bestimmt 100.000 Euro«, schätzte Nicole und hielt den Kopf schräg, als würde sie in dieser Haltung zu einer verlässlicheren Hochrechnung kommen.

»Das sind mehr«, raunte Rasmus. Er fing an zu zählen. »Meine Güte, das ist bestimmt eine Million. Vielleicht sogar noch mehr!«

»Was machen wir jetzt damit?«, wollte Nicole wissen.

In diesem Moment ging die Tür ihres Bauwagens auf und Onno steckte seinen Kopf herein.

»Guten Morgen, ich wollte fragen …« Sein Blick fiel auf den geöffneten Koffer und er erstarrte.

»Ey, kannste nich mal anklopfen? Schon mal was von Privatsphäre gehört?«, giftete Nicole.

»Was ist das denn?«, fragte Onno konsterniert.

»Privatsphäre?«

»Nein – das da!« Onno wies mit dem Kopf in Richtung Koffer.

»Wonach sieht es denn aus?«, maulte Rasmus.

»Mach erst mal die Tür zu!« Das war wieder Nicole. Aber es war zu spät. Einer der Hunde kam in den Wagen gesprungen, gefolgt von einem der Aussteiger.

»Ist hier jetzt Tag der offenen Tür?«, erregte sich Rasmus. Aber der Damm war gebrochen, und wenig später hatte sich fast die komplette Besetzerszene im respektive vor seinem Wagen versammelt, um einen staunenden Blick auf den Koffer samt Inhalt zu werfen.

»Wo habt ihr den denn her?«, war die meistgestellte Frage.

»Wie viel ist das?«

»Habt ihr ’ne Bank geknackt?«

»Wart ihr im Casino?«

»Beim Pferderennen ’ne Dreierwette gewonnen?«

»Oder geerbt?«

»Was wollt ihr damit machen?«

Man übertraf sich in geistreichen Fragen und Kommentaren. Als aber einer der Protagonisten seine Hand auf eines der Geldbündel legte und »Wir sind reich!« frohlockte, gewann die Situation eine gewisse Schärfe.

»Was heißt hier ›wir‹?«, zischte Nicole. »Hände weg! Das gehört Rasmus und mir. Wir haben das von einem Bruch in einer Gartenlaube.«

»Ja, natürlich«, höhnte das eigentlich sehr hübsche Mädchen. »In den Gartenlauben liegen hier haufenweise Koffer voller Geld herum.«

»Judith, jetzt lass mal gut sein. Wir müssen überlegen«, Onno versuchte, die Lufthoheit über die Auseinandersetzung zu gewinnen.

»Wieso müsst ihr überlegen?«, begehrte Rasmus auf. »Das ist nicht euer Geld, sondern unseres. Das geht nur uns was an!«

»Also erstens ist das weder euer noch unser Geld. Außerdem glaubt ihr doch nicht allen Ernstes, dass man mit einer solchen Summe einfach zur Tagesordnung übergehen kann. Dieser Koffer samt Geld gehört jemandem und der wird ihn nicht einfach aufgeben. Und bei der Summe, mit der wir es hier zu tun haben, könnt ihr davon ausgehen, dass es um sehr viel mehr geht als um euren lächerlichen Gartenlauben-Aufbruch. Hier geht es um etwas Professionelles. Das riecht nach organisierter Kriminalität. Wenn ihr Pech habt, ist das Mafia-Geld. Und dann haben wir in Kürze Besuch.«

Rasmus wurde unsicher. »Na gut, mag ja sein, dass wir an heißes Geld geraten sind. Und wenn schon – ausgerechnet hier würde das doch keiner vermuten.«

»Was würdest du denn mit der Kohle machen?«, fragte Nicole herausfordernd.

»An eurer Stelle würde ich das Geld schnell wieder loswerden wollen.«

»Also, wenn ich dich richtig verstehe, gehe ich jetzt zu dem Kleingärtner, sage ›nichts für ungut‹ und stell' ihm den Koffer samt Inhalt auf den Tisch des Hauses.«

»So natürlich nicht. Stell es im Hauptbahnhof in ein Schließfach und wirf den Schlüssel weg.«

»Dann kannst du das ja gleich der Bürgerpark-Tombola spenden!«, empörte sich Nicole. »Einmal im Leben habe ich richtig Bares und dann soll ich das gleich wieder hergeben?«

»Wir sollten jetzt erst mal eine kleine Umlage machen«, kam ein Vorschlag. »Schließlich sitzen wir alle in einem Boot!«

»Tun wir nicht«, widersprach Onno. »So etwas wie ein gemeinsames Boot gibt es hier überhaupt nicht. Wir sind vielmehr eine Ansammlung von Einzelkämpfern und die meisten von uns wären doch längst weitergezogen, wenn der Fahrzeugpark noch beweglich wäre. Aber stattdessen haben wir im Spätherbst bei unserer Ankunft auf hartgefrorenem Boden gestanden, der sich im Frühjahr in einen morastigen Untergrund verwandelte. Dann sind die Räder unserer Wagen eingesackt. Und jetzt hat es seit Wochen kaum geregnet und wir stecken inzwischen im getrockneten Schlammbad fest mit dem Ergebnis, das wir nicht vor und nicht zurück können. Selbst wenn uns die Stadtgemeinde hier weg haben will, wird das nicht so einfach gehen. Hinzu kommt, dass wir nur zwei Trecker haben. Ich denke, dass zwei Zugmaschinen zu wenig sind, um den großen Exodus einzuleiten.«

»Was für'n Obolus?«, erkundigte sich eine Stimme aus dem Hintergrund.

»Oh, Mann«, tadelte eine andere Stimme den offensichtlichen Mangel an Allgemeinbildung. »Guck mal in die Bibel, Altes Testament. Nie gelesen? Auszug der Juden aus Ägypten?« Onno gelang es nicht, eine Struktur in das Streitgespräch zu bringen.

Rasmus und Nicole versuchten, die inzwischen fast vollzählige Besetzerszene aus seinem Bauwagen hinauszudrängen. Nicole klappte den Koffer zu. »Wir überlegen jetzt, was wir mit dem Geld machen, und im Übrigen ist das nicht eure Sache. Wenn wir ein Ergebnis gefunden haben, sagen wir euch rechtzeitig Bescheid. Vielleicht.«

»Dann werdet ihr die Polizei recht bald hier haben«, prophezeite eine Stimme im Wageneingang.

Onno schreckte hoch. »Tatjana! Das ist ja schön, dass du da bist!«

»Oh, ich bin schon länger da. Aber du warst so vertieft in diese allgemeine Lagebesprechung, dass ich nicht stören wollte.« Sie zeigte auf den Geldkoffer. »Bei jemandem die Oma verstorben?«

Rasmus schaute in die Runde.

»Damit ist die Geschichte öffentlich. Ich schlage vor, wir machen heute Nachmittag weiter und denken bis dahin nach.« Dann drängte er die letzten Besucher aus seinem Wagen und klappte die Tür zu.

In der Bauwagen-Szene wurde Murren laut. »Wir sollten das Geld aufteilen und dann lösen wir uns hier auf«, schlug Judith vor. Die Wagen lassen wir einfach hier.«

»Auffälliger geht's nich, oder?«, hielt ein anderer dagegen.

»Weswegen ich eigentlich bei Rasmus geklopft habe«, schnitt Onno ein ganz anderes Thema an. »Weiß eigentlich jemand, was mit Siegfried ist? Wir leben hier ja alle eher nebeneinander, und jeder macht sein eigenes Ding. Und keiner guckt, wie's dem anderen geht. Aber mir ist aufgefallen, das ich ihn schon seit zwei Tagen nicht gesehen habe.«

Siegfried hauste in einem Bauwagen, der etwas abseits stand. Er war ein ausgeprägter Einzelgänger, wortkarg und aggressiv. Wenn er sich äußerte, dann paarte sich Übellaunigkeit mit Angriffslust. Niemand vermisste ihn, wenn er sich für längere zeitliche Distanzen in seinen Wagen zurückzog.

Auch jetzt hielt sich das Interesse an seiner aktuellen Befindlichkeit in sehr engen Grenzen.

»Kannst ja anklopfen, wenn du dir Ärger einhandeln willst«, zuckte Judith mit den Achseln.

Onno überlegte kurz, aber Tatjana war schneller. Sie ging zu dem abseits stehenden Bauwagen und klopfte forsch an die Tür.

»Siegfried?«, rief sie. »Siegfried!«

Kapitel 31

Dienstag, 1. August, nachmittags

Franziska hatte sich rasch von Hermann verabschiedet und mit Blick auf seinen gesundheitlichen Allgemeinzustand davon abgesehen, ihn über die mögliche Bedeutung seines Fundes aufzuklären. Zu hören, dass der Fund bereits Gegenstand einer polizeilichen Fahndung sei, hätte sich auf den Genesungsprozess zweifellos negativ ausgewirkt. In Franziskas Ohren klang noch die Frage von Kriminalrat Strelitz: »Haben Sie vielleicht gestern Abend jemanden mit einem Koffer durch die Wege gehen sehen?«

Sie berichtete Andreas über die neue Entwicklung. Die Kinder hörten aufmerksam zu. Allmählich wurden die Sommerferien spannend. Franziska holte den Zweitschlüssel von Hermanns Gartenlaube aus der Schublade und hielt ihn hoch. »Gehen wir nachgucken?«

»Au ja«, klang es zweistimmig, bevor Andreas antworten konnte.

»Nein«, sagte Franziska in bestimmtem Ton, »ihr müsst hier bleiben. Wir brauchen Wächter für unsere Parzelle.«

Die beiden waren im Umgang mit den Ausreden und Lügen der Erwachsenen erfahrungsgesättigt. »Warum sagst du nicht, dass du Angst hast, dass da wieder eine Leiche liegt?«, fragte Julia verdrossen.

Andreas kam Franziska zu Hilfe. »Ihr müsst das verstehen«, sagte er und dachte bei sich, dass er manchmal ein ziemlich unbeholfener Pädagoge war. Wieso müssen die Kinder das verstehen? Er hatte doch noch gar nichts erklärt.

»Also«, fuhr er fort, »Herr Schilling hat den Schlüssel an Franziska nur für den Notfall gegeben. Und wenn ein solcher Fall eintritt, wie gerade jetzt, dann ist das so gemeint, dass da nicht gleich eine Polonäse durch das Haus stattfindet, sondern eben nur schnell nach dem Rechten geguckt wird.«

Bevor Johannes fragen konnte, was eine Polonäse sei, stellte Julia fest: »Dann darfst du auch nicht rüber!«

Andreas konnte nicht behaupten, dass diese Schlussfolgerung völlig abwegig war. Also lenkte er ein, damit man vorankam.

So marschierte Franziska zu Hermanns Gartenhäuschen und stieg über den niedrigen Zaun – ein Vorgehen, das sie Hermann strengstens untersagt hatte. Andreas blieb in Sichtweite. Er sah, wie Franziska den Schlüssel ins Schloss stecken wollte, dann stutzte und ihm zurief, dass er bitte mal kommen möge – ohne Kinder.

»Oh, nein«, dachte er, gab seinem Nachwuchs klare Anweisungen, die dieses Mal bitte einzuhalten seien und begab sich zu Franziska. Die zeigte auf die Tür. Das Türblatt zeigte in Höhe des Schlosses deutliche Einbruchsspuren.

»Da hat jemand mit einem Brecheisen ganze Arbeit geleistet«, stellte Andreas fest. Franziska nickte. »Komm« seufzte sie, »Zeit, Herrn Strelitz zu informieren.«

Strelitz und seine Kollegin waren gerade wieder in der Dienststelle eingetroffen. Sie hatten die Eindrücke und Erkenntnisse ihres Besuchs bei Hanna Hellwege besprechen wollen, als Franziskas Anruf einging.

»Eigentlich ist Herr Knispel an dem Fall dran, aber im Moment ist er unabkömmlich«, erklärte Strelitz. »Wir beschäftigen uns derzeit mit einem anderen Fall, aber wir sind in Kürze bei Ihnen«, kündigte er an.

»Bringen Sie bitte auch ihre Spurenleser mit«, bat Franziska.

Strelitz holte etwas tiefer Luft. »Den Einsatz des Personals würde ich in den von mir betreuten Fällen schon gern selbst koordinieren«, betonte er. »Aber ich denke, nach dem, was Sie mir eben erzählt haben, ist Ihre Anregung nicht ganz abwegig«, sprach der um seine Autorität fürchtende Beamte.

Zwanzig Minuten später stand Hermanns Gartenlaube im Mittelpunkt des kriminaltechnischen Interesses.

»Als wir die Einbruchspuren sahen, sind wir nicht reingegangen, sondern haben Sie angerufen«, erklärte Franziska dem Kriminalrat und hoffte auf anerkennende Worte. Währenddessen betraten drei weiß gekleidete Personen die Szene. Zwei gingen in das Häuschen und einer blieb draußen, um dort mit geübtem Auge nach Fußspuren oder möglichen Hinterlassenschaften zu suchen, die der Aufklärung des Einbruchs dienlich sein konnten.

Nach kurzer Zeit kam die Meldung, dass kein Koffer in der Laube vorhanden sei. Franziska verkniff sich die Frage, ob man denn auch richtig nachgeschaut habe. Zum einen war das Häuschen sehr überschaubar, zum anderen gab es von Hermann eine genaue Beschreibung, wo er den Koffer deponiert hatte.

»Sagen Sie, was war denn in dem Koffer so Geheimnisvolles drin?«

»Zwei Millionen Euro. Und ich hoffe sehr, dass sie immer noch im Koffer sind – egal, wo der sich jetzt gerade befindet.«

Andreas und Franziska waren sprachlos. Dann kam die unvermeidliche Frage: »Dürfen Sie uns sagen, worum es geht?«

»Nur so viel: Es handelt sich um Lösegeld.«

»Tun Sie mir einen Gefallen«, bat Franziska. »vernehmen sie Herrn Schilling noch nicht. Er ist gerade damit beschäftigt, gesundheitlich wieder in die Senkrechte zu kommen.«

»Tut mir leid, aber wir müssen mit ihm sprechen. Ich schicke Frau Kannengießer, die kann sich gut auf Herrn Schilling einstellen. Außerdem sind wir uns ja alle nicht mehr sehr fremd, nicht wahr?«

Die Ereignisse des letzten Jahres hatten in der Tat für wiederholte Berührungspunkte gesorgt, und schließlich hatte Hermann damals sogar einen entscheidenden Hinweis gegeben.

»Hat Herr Schilling noch diesen verhaltensauffälligen Dackel?«, wollte Konstanze wissen. »Ich würde das gerne vorher wissen und in mein Auftreten einbeziehen. Der Umgang mit dem kleinen Racker war ja eher etwas für erlebnisorientierte Zeitgenossen, wenn ich mich recht erinnere.«

»Doch«, entgegnete Andreas, »aber das Tier ist zurzeit in Pflege beim Wirt des Landheims ›Erntedank‹. Sie erinnern sich sicher noch an Herrn Klingebiel?«

»Da sind ja die richtigen zusammengekommen«, grantelte Strelitz. Er hatte Rudi Klingebiel seinerzeit für den Haupttatverdächtigen gehalten und ihn vorübergehend sogar in U-Haft genommen. Nach seiner Freilassung war Rudi dann von seiner Ehefrau angeschossen worden.

Auf der anderen Seite des Zaunes standen Johannes und Julia. »Ich hatte Papa so verstanden, dass nur Franziska da rein darf«, maulte Johannes. »Und jetzt machen die da doch eine Polonäse!«

Kapitel 32

Dienstag, 1. August, spätnachmittags

Hatte der Koffer mit dem vielen Geld in der Aussteiger-Szene schon für Streit und Ratlosigkeit gesorgt, so war die neueste Entwicklung dazu geeignet, den Seelenfrieden der Bauwagen-Siedler vollständig zu zerrütten.

Tatjana hatte auf ihr Klopfen an Siegfrieds Bauwagentür keine Antwort erhalten und war darauf kurz entschlossen eingetreten.

Jetzt hatte Onno sie in den Arm genommen und versuchte, sie zu beruhigen – ein einstweilen aussichtsloses Unterfangen. Im Bauwagen hatte sie Siegfried vorgefunden, ein Blick war ausreichend gewesen, um sicher zu sein, dass er nicht mehr lebte, und zwar nicht erst seit heute. Neben ihm lag eine Spritze, und im gesamten Wagen waren sehr viele Fliegen unterwegs.

»Scheiße, der hat sich den goldenen Schuss gesetzt«, stammelte Judith, die an Onno und Tatjana vorbei in den Wagen gestiegen und umgehend wieder herausgekommen war. Auch andere Wagenburgler kamen näher.

»Bleibt da weg«, rief Onno, »und haltet die Hunde zurück. Wir wollen nichts verändern.« Tatjana setzte sich auf die Deichsel des nächsten Wagens, während Onno sein Handy rausholte. Rasmus war ebenfalls aus seinem Wagen gekommen, nur Nicole zog es vor, den Koffer nicht aus den Augen zu lassen.

»Wen willst du denn anrufen?«, fragte Rasmus misstrauisch.

»Die Polizei natürlich, wen sonst?«

»Du spinnst wohl. Du willst doch nicht ernsthaft die Bullen hierher holen? Geht's dir noch gut?«

Auch Judith widersprach Onnos Absicht und versuchte sogar, nach dem Handy zu schnappen. Jetzt platzte Tatjana der Kragen.

»Was seid ihr eigentlich für Menschen? Ihr stehlt jede Menge Geld, und inmitten eurer Siedlung stirbt einer von euch und ihr tut, als wäre nichts Außergewöhnliches geschehen? Ihr ekelt mich an!« Sie landete wieder in Onnos Armen.

»Was soll's«, meinte einer der Aussteiger achselzuckend. »Tot ist tot. Dem Siggi ist nicht mehr zu helfen. Und der hätte sich auch um niemand anderen gekümmert. Habe nicht gedacht, dass der auf Heroin ist.«

Doch nicht alle ließ der Tod in ihrer direkten Nähe unberührt. Es setzte eine heftige Diskussion ein, bei der sich zwei ungefähr gleichstarke Lager bildeten. Die Auseinandersetzung wurde mit großer Intensität geführt. Das Hauptmotiv: Einige hatten kein Interesse daran, in irgendeiner Form mit den Ordnungshütern in Kontakt zu kommen. Der Grund war naheliegend: Man hatte Drogen in den Wagen, für den eigenen Bedarf und vielleicht auch etwas Vorrat. Entsprechend groß war die Sorge vor einer umfangreichen Durchsuchung.

Onno mochte das Ergebnis des Streites nicht abwarten. Er hatte unbeachtet von den übrigen Diskutanten, die teilweise kurz davor standen, handgreiflich aufeinander loszugehen, per Handy die Polizei alarmiert.

Als der Streifenwagen auf dem staubigen Platz vorfuhr, gab es eine Rudelbildung mit dem Ziel, die Beamten am Aussteigen zu hindern. Rasmus lief zu seinem Bauwagen. Nicole und der Koffer waren weg. Dafür erschien ein zweiter und dritter Wagen, den die Kollegen des ersten Fahrzeugs zur Verstärkung angefordert hatten. Aus dem allgemeinen Palaver schälte sich eine kleine Gesprächsgruppe heraus, bei der sich Onno auf der einen und eine Polizeibeamtin auf der anderen Seite als Wortführer herauskristallisierten.

»Ich habe Sie angerufen«, gab Onno sich zu erkennen. »Wir haben einen unserer Mitstreiter tot in seinem Wagen aufgefunden. Es sieht aus, als sei er schon ein oder zwei Tage nicht mehr bei uns.«

Rasmus fluchte. Wo war Nicole, und vor allem: Wo war der Koffer? Die Polizeibeamten zogen derweil ein Flatterband um Siegfrieds Wohnwagen und forderten kriminaltechnische und medizinische Unterstützung an.

Tatjana informierte über ihren Vater den Kleingartenvorstand. Franziska horchte in ihr Handy und bedankte sich bei Rudi für die Nachricht. Sie blickte in die Runde. »Ich höre gerade von einem Leichenfund in der Bauwagensiedlung. Kommen Sie mit?«

Kriminalrat Strelitz starrte sie fassungslos an. »Nicht nur, dass in diesem Kleingartengebiet eine ausgeprägte Deliktfreudigkeit besteht – jetzt verschieben sich auch noch die Rollen! Normalerweise laufen solche Nachrichten bei mir auf, und ich entscheide, wer den Einsatz vor Ort begleitet. Möchten Sie vielleicht meine Dienstwaffe haben,« fragte der dünnhäutige Beamte.

Franziska erklärte ihm geduldig, dass sie die Botschaft von Tochter Klingebiel über Vater Klingebiel erreicht habe und es ihr fern liege, in seine Kompetenzen einzugreifen.

Strelitz blieb verstimmt. »Wenn Sie so weitermachen, werden Sie in Kürze zur Mitarbeiterin des Monats!«, murmelte er. »Also, wenn Sie einverstanden sind, schließe ich mich Ihnen gern an. Mehr geht nicht – Herr Knispel ist mit einer Observation beauftragt, und Frau Kannengießer wird jetzt Herrn Schilling aufsuchen. Damit bleibe ich übrig, aber keine Sorge – manchmal kann ich schon richtig gut mithelfen.«

Ein unbefangener Beobachter hätte spätestens jetzt den Eindruck gewinnen können, dass sich der Kriminalrat in einem ausgedehnten Stimmungstief befand. So wurde der Schauplatz gewechselt. Andreas blieb mit seinen Kindern auf Franziskas Parzelle, während sich diese Karl-Eberhard Strelitz anschloss.

War er bis dato bereits in einer Gemütsverfassung, die man als »übellaunig« bezeichnen musste, stand auf dem Wagenburg-Platz eine weitere Verfinsterung seines Mienenspiels auf dem Programm. Seine Fragen blieben entweder unbeantwortet oder erzeugten respektlose Kommentare, begleitet von Hohn und Spott. Offenkundig hielt sich die Betroffenheit über den Todesfall deutlich in Grenzen. Die einzigen Vertreter, mit denen ein halbwegs zielführendes Gespräch möglich war, schienen dieser Onno und die Wirtstochter zu sein.

Das Ganze sah nach einem Routinefall aus – eine Überdosis Heroin, kein Fremdverschulden, und das Ganze in einem Umfeld, in der auch einfache Ausdrucksformen sozialer Kompetenz offenbar abhanden gekommen waren – wenn es sie denn hier überhaupt je gegeben hatte.

Für eine Durchsuchungsaktion in den übrigen Wagen sah Strelitz zunächst einmal keine Veranlassung. Ihm war klar, dass die jungen Leute hier unter Generalverdacht standen, Drogen zu nehmen. Andererseits stand nicht zu erwarten, dass jemand von der Aussteigerszene größere Mengen bunkerte. Überdies hatte er mit den beiden anderen Fällen genug zu tun. Hier mochten sich die Kollegen vom Rauschgiftdezernat abarbeiten.

Hätte er hinter der Wagenburg ein wenig in der dort beginnenden Wildnis geforscht, die von mehreren seit Jahren leerstehenden, völlig überwucherten Parzellen ausging und sich zu einem regelrechten Niemandsland entwickelt hatte, wäre er mit großer Wahrscheinlichkeit zu einer anderen Beurteilung der Lage gekommen. Denn in den Trümmern einer weitgehend eingestürzten Gartenlaube hatte sich Nicole mit dem Koffer verschanzt und wartete darauf, dass die auf dem Wagenburg-Platz versammelten Ordnungshüter abrücken würden.

Kapitel 33

Dienstag, 1. August, spätnachmittags

Claudette Kampendonk hätte sich zumindest einen Teil der Polizeikräfte in ihrem Verlies gewünscht. Wenigstens *einen* Gesprächspartner hätte sie sehr geschätzt. Die unveränderte Situation hatte sie ihren großen Vorrat an Gelassenheit und Optimismus weitgehend einbüßen lassen. Sie spürte, dass sie ungebremst auf einen Nervenzusammenbruch zusteuerte; gleichzeitig wehrte sie sich mit Nachdruck gegen eine solche »seelische Bankrotterklärung«, wie sie es für sich selbst nannte. Es war das Letzte, was sie sich erlauben durfte.

Die Mahlzeiten wurden ihr unverändert regelmäßig über den Licht- und Luftschacht zugänglich gemacht. Fast alle Fragen oder Bitten, auf Zettel geschrieben, wurden schriftlich beantwortet – zwar nur knapp und stichwortartig, aber immerhin fand hier eine gewisse »Kommunikation« statt, wenngleich ihr trotzdem zunehmend mulmig wurde. Wann sie freigelassen würde, wollten ihr die Entführer natürlich nicht sagen.

Sie hoffte weiterhin verzweifelt auf ein gutes Ende, zugleich erfüllte sie mit zusätzlicher Unruhe die Tatsache, dass draußen nun bereits einige ihrer zuvor vereinbarten Geschäftstermine geplatzt waren, was in diesem sensiblen Geschäft sehr schnell den dauerhaften Verlust von Kunden und Aufträgen nach sich ziehen konnte.

Claudette versuchte, sich in einen investitionsbereiten Geschäftsmann hineinzuversetzen, der zu einem Termin pünktlich erscheint, jedoch niemanden antrifft. Es sollte sie nicht wundern, wenn ihr deshalb ein Teil des Kundenstammes verloren gehen würde. Das nennt man wohl Kollateralschaden, dachte sie verbittert.

Mit der Aufarbeitung der Folgen dieser Entführung würde sie eine Zeit zu tun haben, überlegte sie. Wenn sie überhaupt eine Zeit nach der Entführung haben würde, meldete sich eine Stimme in ihrem Hinterkopf. Sie untersagte sich, diesen Gedankengang weiterzuspinnen. Aber die Stimme wollte nicht schweigen – sie fand offenbar Gefallen daran, Unruhe zu stiften und Ängste zu schüren. »Halt die Klappe, Kassandra«, murmelte Claudette verärgert.

Kapitel 34

Dienstag, 1. August, spätnachmittags

Simone Klingebiel-von Lausitz, die einstige Frau des Landheim-Wirtes, saß in ihrer Zelle und fühlte ähnlich wie Claudette. Nur eines war anders: Sie wusste, dass sie noch einige Jahre hier verbringen würde – zwar mit der Sicherheit, dass ihr niemand etwas antun würde, aber auch mit der Gewissheit, dass ihre Freilassung in weiter Ferne lag.

Sie hatte im vergangenen Jahr einen Mordversuch an ihren Gatten unternommen, was gründlich schiefgegangen war. Rudi wurde lediglich verletzt und die anschließende Flucht war auf Bahnsteig zehn des Bremer Hauptbahnhofs spektakulär zu Ende gegangen – just, als der Zug nach Hamburg einlief. Sie hatte sich der Verhaftung widersetzt und Kriminalrat Strelitz fast vor den ICE gestoßen, was ihr eine zusätzliche Anklage wegen Mordversuchs eintrug.

Ihr Verteidiger hatte mühsam eine Strategie entwickelt, wonach der Schuss auf Rudi als Körperverletzung im Rahmen einer vermeintlichen Notwehrsituation eingestuft werden sollte. Gleiches versuchte man für die Attacke auf Strelitz geltend zu machen; Frau Klingebiel-von Lausitz habe Sorge gehabt, dass er sie vor den Zug stoßen würde, und da habe sie in Todesangst eine Gegenreaktion entwickelt, die den Kriminalrat in größte Bedrängnis gebracht habe, was sie im Nachhinein sehr bedaure. Allein dem beherzt eingreifenden Olaf Knispel war es damals gelungen, das Schlimmste zu verhindern.

Das sorgsam konstruierte Verteidigungsgeflecht war schließlich zusammengebrochen, weil die eher sehr einfach gestrickte Simone die Ausführungen ihres Anwaltes dreimal als »unsinnig« abqualifizierte und sich schließlich um Kopf und Kragen redete. Der Anwalt hatte daraufhin verärgert sein Mandat niedergelegt, und mehrere Prozessbesucher waren sicher, dabei die gemurmelten Worte »Dumme Nuss« gehört zu haben – eine Redewendung, die er auf strenge Nachfrage des Vorsitzenden Richters entschieden zurückwies.

Heute stand wenigstens etwas Abwechslung auf Simones Tagesprogramm: Eine Untersuchung in der Frauenklinik des Zentralkrankenhauses sollte die Ursache für ihre wiederkehrenden Unterleibschmerzen klären. Sie wurde von zwei sportlich wirkenden Vollzugsbeamtinnen begleitet. An Flucht wagte sie nicht zu denken, obwohl im Eingangsbereich, an der Rezeption, in den verschiedenen Wartezonen und vor den Fahrstühlen der Klinik eine quirlige Betriebsamkeit herrschte. Patienten, Besucher und medizinisches Personal vermengten sich zu einer in ständiger Bewegung befindlichen Traube mit hoher Fluktuation.

Einer der großen Fahrstühle öffnete sich, und Simone wurde von ihrer Begleiterin hineingeschoben. Weitere Personen betraten die geräumige Kabine und im letzten Moment rollten zwei Schwestern ein Krankenbett mit einer Patientin in die Kabine. Es schien sich um einen Notfall zu handeln – die Schwestern nahmen sich weder die Zeit, auf einen separaten Fahrstuhl zu warten, noch forderten sie die übrigen Fahrgäste auf, auszusteigen.

Mit dieser sehr rustikal angelegten Aktion hatten die beiden Krankenschwestern es geschafft, die Personen im Fahrstuhl in zwei Lager zu teilen. Simones Begleiterinnen waren in ein enges Dreieck an der hinteren Wand gedrängt worden, während sie selbst eine Position auf der anderen Seite des Bettes in direkter Nähe der Tür besaß. Die Tür glitt langsam zu. Schlagartig hatte Simone eine Erleuchtung – dort, wo sie im Wesentlichen ein Vakuum beherbergte, hatte sich ein Geistesblitz entzündet.

Simone wand sich im allerletzten Moment aus dem Fahrstuhl.

Die Tür verschloss sich, es war noch ein aufgeregtes Stimmengewirr zu hören, und dann nahm der Aufzug Fahrt auf. Ruhigen Schrittes entfernte sie sich und verließ das Krankenhaus. Vor dem Gebäude hatte sie ein zweites Mal Glück: Ein nicht abgeschlossenes Damenfahrrad war offenbar auf der Suche nach einer neuen Besitzerin und Simone nutzte dieses Angebot gerne.

Sie bog sogleich an der nächsten Straßenecke ab, schlug ein paar Haken, gelangte auf Umwegen in den Bürgerpark und von dort in den Stadtwald. Dort gab es genügend verschwiegene Ecken, in denen sie die unerwartete Veränderung ihrer Lebensumstände in Ruhe analysieren konnte – einschließlich der Überlegung, was nun als Nächstes zu tun sei. Für eine Person mit Simones geistiger Grundausstattung zweifellos ein Kraftakt, der Ruhe, Konzentration und Zeit erforderte – viel Zeit.

Kapitel 35

Dienstag, 1. August, spätnachmittags

Auch der lebhafteste Polizeieinsatz endet irgendwann mit dem Abrücken der Ordnungshüter. Strelitz war auf wenig Kooperationsbereitschaft gestoßen. Andererseits wusste er, dass er sich mit jeder restriktiven Maßnahme in eine juristische Grauzone begab. Vor allem das Eindringen in die Bauwagen einschließlich Durchsuchung war möglicherweise rechtlich nicht gedeckt. Weder bestand Gefahr im Verzug noch war begründet davon auszugehen, dass hier eine Straftat begangen worden war. Dieser Siegfried war schlicht und ergreifend an einer Überdosis Heroin gestorben, die er sich selbst zugeführt hatte.

Anhaltspunkte, dass eine weitere Person beteiligt gewesen sein könnte, gab es nicht. Selbst die Tatsache, dass es offenbar zwei Tage gebraucht hatte, um sein Fehlen zu registrieren, konnte zwar als beklagenswertes Indiz für die mangelhafte soziale Kompetenz dieser Aussteiger-Szene gelten. Eine kriminelle Handlung ließ sich daraus aber nur schwerlich ableiten. Auch unterlassene Hilfeleistung, häufig ein gerne verwendeter Vorwurf, verfing hier nicht so recht, weil die autonomen Kräfte – oder wie man sie auch immer nennen wollte – von Siggis Zustand nichts wussten und ihn nach Lage der Dinge auch nicht hätten vermuten müssen. So wurden Siegfrieds sterbliche Reste abtransportiert und Karl-Eberhard Strelitz löste den Einsatz auf.

Als er sich von Franziska und Andreas verabschieden wollte, klingelte sein Handy. Widerstrebend bediente er den kleinen Quälgeist, der als Klingelton passenderweise die bekannte Filmmelodie von Miss Marple alias Margaret Rutherford zum Besten gab.

»Das höre ich mir ungern an, sehr ungern«, murmelte Strelitz. »Zumeist erhalte ich über dieses Gerät schlechte Nachrichten.«

Er sollte Recht behalten. Nachdem er sich gemeldet hatte, hörte er sich schweigend die Botschaft an, die sein Gesprächspartner verkündete. Einmal sagte er »Was?« und ein zweites Mal »Ist ja wohl nicht möglich!«. Dann schaute er verdrossen auf Franziska und Andreas. »Frau Klingebiel ist aus der Haft geflohen«, teilte er mit.

Franziska und Andreas hätten beinahe ebenfalls mit »Was?«, und »Ist ja wohl nicht möglich!« geantwortet.

»Dann ist Rudi in Gefahr!«, stellte Franziska spontan fest. Andreas nickte, schien aber nicht wirklich davon überzeugt zu sein.

»Ich denke eher, dass sie sich nicht länger in Bremen aufhalten wird als nötig. Sie wird nach Hamburg zu ihren Eltern fahren.«

»Glaub ich nicht«, entgegnete Franziska. »Ihr Verstand muss doch wissen, dass die Polizei sie dort zuerst suchen wird!«

»Ihr Verstand?« Strelitz hatte Mühe, ernst zu bleiben. »In diesem Fall gibt es eine Menge unbekannter Faktoren. Aber Frau Klingebiels Verstand zählt zweifellos nicht dazu. Sie besitzt den Intelligenzquotienten einer Eieruhr. Und vermutlich tue ich den Eieruhren dieser Welt bitter Unrecht.«

Während sich diese kleine Szene vor dem Auto von Strelitz abspielte, der mittig auf dem Wagenburg-Platz parkte, spähte ein Augenpaar aus sicherer Deckung auf den zu Ende gehenden Einsatz der Polizei. Nicole hockte noch immer mit dem Koffer in einigem Abstand zum angrenzenden, urwaldähnlichen Gelände. Dort hatte die Natur begonnen, sich die ehemaligen Parzellen, die vor längerer Zeit aufgegeben worden waren, zurückzuerobern.

Nachdem die Wagenburg wieder als polizeifreie Zone bezeichnet werden konnte, kam Nicole zurück, verstaute den Koffer in ihrem Wagen und begab sich zu der Aussteiger-Gruppe, die heftig diskutierte.

Siggis Tod stand gleichwertig mit dem Geldkoffer im Mittelpunkt der Debatte, die erneut einen alarmierenden Hitzegrad erreicht hatte. Tatjana und Onno sahen sich heftigsten Angriffen ausgesetzt, weil sie die Polizei auf den Plan gerufen hatten.

»Wie hättet ihr das Problem denn lösen wollen? Siggis Wagen anzünden, mit ihm darin? Als eine Art Feuerbestattung? Oder irgendwo ein Loch ausheben, ihn dort reinwerfen und wieder zuschütten?« Tatjana brach ihren Vortrag an dieser Stelle ab – ihr war schlagartig klar geworden, dass genau dieser Plan funktioniert hätte: ein Loch graben und Siggi verscharren.

Siggi hatte keine Angehörigen, niemand vermisste ihn, und es hätte auch kein Mensch gemerkt, wenn man ihn einfach hier entsorgt hätte. Das Loch hätte nur tief genug sein müssen und man hätte noch mal seine Hose durchsucht, bevor er der Erde übergeben worden wäre.

»Halt dich mit deinen Kommentaren zurück«, blaffte Rasmus. »Du gehörst nicht zu uns!«

Onno wollte Rasmus in die Schranken verweisen, aber Tatjana winkte ab. »Rasmus hat Recht. Ich gehöre nicht hierher. Und den Begriff ›uns‹, mein lieber Rasmus, den gibt es hier ohnehin nicht. Ich sehe nur Einzelunternehmer, einen Haufen gestrandeter Sozialschmarotzer, die ihr Leben nicht auf die Reihe kriegen und der Gesellschaft dafür die Schuld geben! Ich gehe jetzt!« Damit drehte sie sich um und ging zu Onnos Wagen, um ihr Fahrrad und ihre Tasche zu holen. Rasmus wollte ihr nach, aber Onno hielt ihn zurück.

»Lass sein«, bat er. »Und lass uns lieber überlegen, wie wir hier weitermachen wollen. Denn mit unserer Ruhe dürfte es nun vorbei sein.« Dieses Kurzplädoyer ließ die Diskussion erneut aufflammen – noch heftiger als bisher.

Tatjana schob ihr Rad aus dem Blickfeld der Diskutanten, die lautstark in der Mitte des Wagenburgplatzes aufeinander einredeten. Als sie in Höhe des Wagens von Rasmus und Nicole war, stellte sie das Rad ab, huschte hinein und kam mit dem Koffer wieder heraus. Dann schob sie unauffällig weiter. Als sie völlig außer Sichtweite war, klemmte sie den Koffer auf den Gepäckhalter und fuhr wie von allen Höllenhunden gehetzt durch die Parzellenwege in Richtung Landheim »Erntedank«.

Onno, der die Aktion aus den Augenwinkeln verfolgt hatte, sorgte dafür, dass die Debatte leidenschaftlich blieb und die Aufmerksamkeit aller Beteiligten forderte. Dann zog er sich mit einem »Muss mal eben pinkeln« zurück und suchte mit seinem Rad ebenfalls unauffällig das Weite.

Erst eine halbe Stunde später fiel Rasmus auf, das Onno fehlt. »Wo ist der denn geblieben?«, fragte er argwöhnisch.

Nicole stürzte zu ihrem gemeinsamen Bauwagen, sprang hinein und hielt Sekunden später den Kopf heraus: »Frag lieber, wo der Koffer ist!«, schrie sie.

»Ich fürchte, das kommt aufs Gleiche raus«, kommentierte Judith die neue Situation. »Aber mir ist es egal, es war ja nicht mein Geld, und nicht unseres, sondern eures.«

Im nächsten Moment stand Nicole vor ihr und drosch mit beiden Fäusten auf sie ein. Zwei weitere Momente später war eine Keilerei ausgebrochen, die in jedem Western-Saloon hätte stattfinden können.

Kapitel 36

Dienstag, 1. August, spätnachmittags

Simone hatte an einem verschwiegenen Ort in Ruhe nachgedacht – ein Prozess, der bei ihr in aller Regel schnell an natürliche Grenzen stieß und grundsätzlich ergebnisoffen verlief. Während sie angestrengt ihre Situation analysierte, ohne dass sie diesen Begriff in ihrem Wortschatz beherbergt hätte oder gar fehlerfrei hätte schreiben können, saß sie im Stadtwald, der über viele naturbelassene Orte verfügte, die ausreichend Deckung boten. Nachdem sie ihre Gedanken geordnet hatte, ergab es sich, dass diese auf drei Säulen standen: Flucht erfolgreich fortsetzen, Geld auftreiben, Rache.

Der Rachegedanke überlagerte die beiden anderen Bedürfnisse deutlich und hatte klaren Vorrang vor ihren Überlegungen, wie das Gesamtthema erfolgreich beendet werden sollte. Simones Gefühle tendierten an dieser Stelle stark ins Irrationale – schließlich war sie es gewesen, die ihren Partner hatte erschießen wollen. Sie erkannte immerhin, dass keines ihrer drei Stichworte eine nennenswerte Verzögerung vertrug.

So bestieg sie das vor der Klinik erbeutete Rad und fuhr über verschlungene Pfade durch den Stadtwald, gelangte schließlich an die Findorffallee, folgte dem Torfkanal, wechselte mit Hilfe der Arnewehrbrücke die Kanalseite und fuhr schließlich über den Arnewehrweg in die Ricarda-Huch-Straße hinauf zur Hemmstraße. Hier herrschte im Gegensatz zu der bis dahin absolvierten Streckenführung rege Betriebsamkeit, die für Simones Vorhaben unbekömmlich war. Daher steuerte sie die Innsbrucker Straße an, nutzte dort einen Stichweg in Höhe eines Spielplatzes und gelangte so in die Kissinger Straße. Auf halber Distanz zum Recyclinghof führte die Coburger Straße als Zubringer in das Parzellengebiet hinein.

Ab hier wuchs das Risiko, als ehemalige Gattin des Landheim-Wirtes wiedererkannt zu werden, aber es war glücklicherweise beste Abendbrotzeit. Die Kleingärtner hatten entweder den Rückzug in ihre Stadtwohnungen angetreten oder sie saßen in ihren Gartenlauben, um sich zu stärken.

So gelang es Simone, ungesehen bis zum Landheim vorzudringen. Vor der letzten Wegbiegung hörte sie, dass sich aus einer anderen Richtung ein weiterer Radfahrer näherte.

Im letzten Moment sprang sie von ihrem Rad ab und drückte sich in eine der Hecken, die hier sehr hoch gewachsen waren, dringend geschnitten werden mussten und gute Deckung boten. Der Radfahrer – genauer gesagt, die Radfahrerin – hatte direkt das Landheim angesteuert und war in einer Staubwolke zum Stehen gekommen.

»Das ist doch Tatjana«, murmelte Simone. Zwischen ihr und ihrer Stieftochter hatte nie ein gutes Verhältnis bestanden. Tatjana war früh eigene Wege gegangen und hatte erst im letzten Jahr zu ihrem Vater zurückgefunden, nachdem Simones Attentat auf Rudi fehlgeschlagen und die Ehe geschieden worden war. Simone beobachtete, dass Tatjana einen Koffer vom Gepäckhalter ihres Rades zerrte und mit diesem Gepäckstück in die Gaststube stürmte.

»Was macht das Kind um diese Zeit an diesem Ort mit einem Koffer?«, überlegte Simone. Sie war von Natur aus ein instinktgesteuerter Mensch und lebte diese Veranlagung auch aus – ein Umstand, dem ihr Intelligenzquotient auf Grund seines dauerhaft niedrigen Pegelstandes nicht im Wege stand. Im Moment hatte der Instinkt »Neugier« Konjunktur. Sie rückte jenseits aller Regeln von Taktik und Strategie ebenfalls zum Landheim vor.

Die Gaststube war, wie um diese Uhrzeit nicht anders zu erwarten, leer. Tatjana war ebenfalls nicht zu sehen. Sie war offenbar die Treppe hinter der Theke zu den Wohnräumen hinaufgelaufen und suchte dort Rudi. Den Koffer hatte sie jedoch auf der Theke zurückgelassen.

Simone hatte heute schon einmal gewitzte Geistesgegenwart bewiesen, als sie die Situation im Klinikfahrstuhl zur Flucht nutzte. Jetzt bewies sie erneut, dass ihre Aktionen am erfolgreichsten waren, wenn es keinen gedanklichen Vorlauf gab.

Sie griff sich den Koffer, lief aus der Gaststube zu ihrem Rad und verstaute ihn auf dem Gepäckhalter, nicht ohne zuvor einen Blick hineinzutun. Der Blick in das Gepäckstück ließ ihre bis dahin flüssigen Bewegungsabläufe erstarren. Doch nur Momente später reagierte sie und griff in den Koffer, zog ein Geldbündel heraus und verstaute es im Ausschnitt ihrer Bluse.

Von Tatjana war noch nichts zu sehen. Simone zögerte. Die Eroberung des Koffers war schon ein großer Wurf, keine Frage. Aber da fehlte doch noch etwas? Richtig, das Kapitel »Rache« wollte bearbeitet werden.

Sie schob das Rad noch tiefer in die Hecke und lief zum Landheim zurück, jedoch nicht in die Gaststube, sondern in einen schuppenähnlichen Anbau, der sich direkt neben dem Hauptgebäude befand. Nach ihrer Erinnerung war dies stets ein Ort größter Unordnung gewesen. Außerdem hatte Rudi hier seine persönliche Raucherecke eingerichtet.

Sie stürzte in den Schuppen, riss einige dort abgelegte Stapel Altpapier auseinander, griff eine Packung Streichhölzer, die dort praktischerweise herumlag, und steckte das Papier in Brand. Anschließend trat sie umgehend den Rückzug an, sprang auf ihr Rad und fuhr los, erreichte mit einigen Abbiegemanövern durch die kleineren Wege des Kleingartengebietes die Salzburger Straße und gelangte schließlich über den Kuhkampsweg in das Gewerbegebiet Bayernstraße. Dort wollte sie erst einmal durchatmen und die weiteren Schritte überlegen.

Während der Fahrt fiel ihr ein, dass sie bei ihrem überstürzten Aufbruch keinen Blick für den Koffer gehabt hatte.

Jetzt griff sie mit einer Hand prüfend nach hinten. Sie fand keinen Widerstand. Daraufhin verlangsamte sie die Fahrt und blickte über die Schulter. Nichts. Sie hielt an, stieg ab und hatte nun Gewissheit: Der Koffer war weg.

Kapitel 37

Dienstag, 1. August, abends

Franziska saß auf der Terrasse ihrer Gartenlaube und war mit dem Abfassen eines Beschwerdebriefes befasst. Andreas war zu seiner Parzelle gewechselt, um von dort etwas Ess- und Trinkbares für den Abend herbeizuschaffen. Eigentlich hatte Franziska noch an einer Deputationsvorlage schreiben wollen, mit der sie einen Bebauungsplan zur Beschlussreife bringen sollte. Sie war aber mit ihrem Bezirksleiter über die Festsetzung der Geschosshöhen und den Ausschluss von Vergnügungsstätten noch nicht auf einer Linie und hatte diese Aufgabe in die Warteschleife gepackt. Schließlich hatte sie Urlaub.

Nun widmete sie sich einem Schreiben, das in dramatischer Aufmachung als »Letzte Mahnung« gekennzeichnet war. Die Firma Schopenhauer und Söhne, Versandhandel en gros et en detail, wies darauf hin, dass ihre Rechnung vom siebten Februar dieses Jahres noch nicht beglichen sei. Franziska, die grundsätzlich jede Rechnung sofort bezahlte, war über diese wiederholte Mahnung zutiefst empört. Sie hatte bereits zweimal Kopien des Überweisungsträgers an die Firma geschickt und gehofft, dass nun Ruhe einkehren würde. Jetzt hatte sie einen scharf formulierten Text entworfen und fast abgeschlossen, als ihr der Gedanke kam, die Geschichte ganz anders anzugehen.

Sie löschte auf ihrem Laptop das bisher Geschriebene und begann neu:

Sehr geehrte Damen und Herren,

wie Sie feststellten, soll ihre Rechnung vom siebten Februar dieses Jahres noch nicht beglichen worden sein. Diese Rechnung teilt wohl das Schicksal mit weiteren Forderungen, die sich auf meinem Schreibtisch häufen. Das Problem liegt darin, dass mein Gehalt derzeit nicht ausreicht, die Summe aller Verbindlichkeiten auszugleichen. Ich verfahre daher so, dass im Rahmen meiner finanziellen Möglichkeiten zu jedem Monatsersten aus den noch offenen Rechnungen eine kleine Ziehung erfolgt, um festzulegen, welche Forderungen als Nächstes zu befriedigen sind.

In diesem Zusammenhang muss ich Ihnen leider mitteilen, dass der in ihrer jüngsten Mahnung angeschlagene Tonfall mich veranlasst, ihre Rechnung von den nächsten drei Ziehungen auszuschließen. Mit einem Zahlungseingang ist damit frühestens im November zu rechnen – entsprechendes Losglück vorausgesetzt.

Von weiteren Mahnungen wollen Sie bis dahin bitte absehen.

Mit freundlichen Grüßen, immer die Ihre,

Franziska Morgenstern

Sie rieb sich die Hände, speicherte den Text, freute sich diebisch und klappte den Laptop zu. Sie wollte das Schreiben erst noch Andreas zeigen, bevor sie es abschickte. Schon jetzt bedauerte sie, das Gesicht des zuständigen Sachbearbeiters der Firma Schopenhauer nicht sehen zu können.

Noch während sie gedankenverloren schmunzelte, erschienen die vier Markgraf-Kinder samt Andreas' Nachwuchs. Die sechs waren hochgradig aufgeregt.

»Guck mal, was wir gefunden haben«, trompetete das älteste Markgraf-Gewächs.

»Wo habt ihr denn den Koffer her?« Franziska schaute perplex auf das Gepäckstück, den die Kinder aufgeklappt auf den Stubentisch der Gartenlaube platziert hatten.

»Da stand ein Rad, mit diesem Koffer hinten drauf. Aber weit und breit war kein Mensch zu sehen.«

»Und das soll ich glauben?«

»Ja«, sagte Johannes mit offenem, ehrlichem Blick. »So war es tatsächlich.«

»Und wo habt ihr das Rad und den Koffer gefunden?«

»Gegenüber vom Landheim, in einer Hecke. Und wir meinten, dass man den Koffer da nicht so einfach herumstehen lassen kann. Deswegen haben wir ihn mitgenommen.«

Franziska suchte noch nach einer pädagogisch wertvollen Antwort, als Sirenen laut wurden.

»Das ist die Feuerwehr!«, rief Julia. »Kommt, wir gucken nach!«

Bevor Franziska reagieren konnte, stürmten die sechs wieder aus der Laube. »Das ist beim Landheim«, rief Julia, danach waren sie nicht mehr zu halten.

Sie öffnete den Koffer und blickte wie hypnotisiert auf den Inhalt. So viel Geld hatte sie noch nie gesehen. Sie schaute auf die Uhr. Hoffentlich kam Andreas bald. Stattdessen stand im nächsten Moment ein anderer Mann im Türrahmen. Jemand, den sie gut kannte.

Kapitel 38

Dienstag, 1. August, abends

Tatjana schaute in jeden Wohnraum, aber Rudi war nicht da. Sie zerrte ihr Handy heraus und wählte die Telefonnummer von Kriminalrat Strelitz, der eigentlich Feierabend machen wollte und nur noch auf die Meldung von Knispel wartete, der seit mehreren Stunden den Bankier Kampendonk observiert hatte. So griff er beherzt zum Telefon und meldete sich mit einem: »Hallo Olaf, hier ist Strelitz. Gibt's Neuigkeiten?«

Aber schnell bemerkte Strelitz, dass er nicht den Kollegen Knispel am Apparat hatte. »Ach so, ja, hallo Frau Klingebiel«, kriegte der Kriminalrat gerade noch die Kurve. »Ja, guten Abend, … ja … Sie haben *was*?« Strelitz kam mit jugendlicher Elastizität aus seinem Dienst-Drehstuhl hoch. »Wir sind gleich bei Ihnen!« Er legte den Hörer kraftvoll auf.

»Kommen Sie, Konstanze, Tatjana Klingebiel hat das Lösegeld!«

Tatjana hatte aufgelegt und stieg wieder in die Gaststube hinunter. Dort erstarrte sie. Auf der Theke stand definitiv kein Koffer mehr. Sie lief aus der leeren Gaststube. Niemand, nirgends. Aber da war etwas anderes. Es knisterte und knackte, und ein Brandgeruch hing in der Luft. Dann zogen auch schon die ersten Rauchwolken um das Landheim.

Im Schuppen schmurgelte das Altpapier. Ein offenes Feuer war noch nicht entstanden.

Tatjana wählte die 112. Dann lief sie wieder in die Gaststube, nahm den Feuerlöscher von der Wand und rückte dem Feuer zu Leibe. Genau in dem Moment, als die Feuerwehr eintraf, konnte Tatjana »Feuer aus!« melden.

Etwas später traf Kriminalrat Strelitz ein. Man musste ihm zu Gute halten, dass er einen sehr bewegten Tag hinter sich hatte, der nicht nur von Erfolgserlebnissen geprägt war. Daher sah er sich am Ende dieses Tages offenbar außer Stande, einen gepflegten Konversationston anzuschlagen

»So!«, sagte er gedehnt, »Sie sagen, dass sie diesen Koffer bei der Wagenburg abgegriffen haben, dann zum Landheim gefahren sind und den Koffer auf die Theke stellten. Anschließend ohne Koffer ins Obergeschoss gingen – ich wiederhole: ohne Koffer! Von dort haben Sie mich angerufen und als Sie runterkamen, war der Koffer weg. Stattdessen brannte der Schuppen nebenan und Sie alarmierten die Feuerwehr.«

»So war es, Herr Strelitz«, nickte Tatjana.

»Frau Klingebiel, diese Geschichte riecht. Genauer gesagt, sie stinkt!«

»Aber, Herr Strelitz, …«

»Frau Klingebiel, wir reden über zwei Millionen Euro. Zwei Millionen!«

»… die ich Ihnen sofort geben würde, wenn ich sie noch hätte.«

»Richtig, wenn Sie diese noch hätten. Aber nein, Sie stellen einen Koffer mit zwei Millionen Euro auf die Theke, als wenn es die Sammelbüchse der DLRG wäre. Wo ist eigentlich Ihr Vater?«

»Den suche ich auch. Deswegen bin ich ja raufgelaufen. Ich hatte angenommen, dass er sich oben aufhält. Aber er ist weg.«

»Weg? Sie meinen, verschwunden? Genau wie das Geld?«

»Ja … ich … nein …«

»Es reicht, Frau Klingebiel! Es reicht wirklich! Sie begleiten mich jetzt zu meiner Dienststelle. Und halten Sie es bitte meiner extrem guten Laune zu Gute, dass ich Ihnen Handschellen erspare. Konstanze, sie setzen sich mit der jungen Dame auf den Rücksitz!«

Konstanze fiel auf, dass ihr Chef in der letzten Viertelstunde eine Vorliebe für Ausrufezeichen entwickelt hatte.

Die kleine Karawane bewegte sich zum Dienstwagen des Kriminalrates, beobachtet von sechs jungen, neugierigen Augenpaaren.

Kapitel 39

Dienstag, 1. August, abends

Franziska blickte auf ihren Besucher. »Guten Abend, Herr Knispel. Eine solche Situation hatten wir hier an gleicher Stelle schon einmal, oder?«

Sie spielte auf eine Situation an, bei der Olaf Knispel sie im letzten Jahr für eine Einbrecherin gehalten und verhaftet hatte.

Olaf Knispel holte tief Luft. »Frau Morgenstern, bitte versetzen Sie sich doch einmal in meine Lage. Ich soll eigentlich einen Bankier beschatten. Dann mache ich mich für eine halbe Stunde frei, weil meine Freundin mich per SMS benachrichtigt, dass mein Chef gerade aus dem Ruder läuft. Ich treffe beim Landheim ein, es ist niemand da, nun komme ich zu Ihnen und finde Sie mit einem Koffer, den wir schon lange suchen, weil er nämlich zwei Millionen Euro enthält. Und obendrein liegt hier eine Mahnung auf dem Tisch, die den Eindruck vermittelt, dass Sie sich in einem finanziellen Ungleichgewicht befinden …«

»Herr Knispel, Sie sagen selbst, dass im Koffer zwei Millionen Euro sein sollen. Die Mahnung beläuft sich auf 112 Euro und 75 Cent und ist längst bezahlt. Das kann ich Ihnen belegen. Außerdem haben die Kinder von Herrn Klapphorn und Herrn Markgraf den Koffer gefunden und gerade hier abgegeben. Aber das können die lieben Kleinen Ihnen gern selbst erzählen, sobald sie wieder auftauchen.«

»Frau Morgenstern, ich mache Ihnen einen Vorschlag zur Güte. Wir beide gehen jetzt mit dem Koffer in meine Dienststelle, und wir tun so, als würde es sich nur um einen kleinen Spaziergang handeln, mit dem Sie die Arbeit der Polizei unterstützen wollen.«

»Sie glauben mir also?«

»Sagen wir einfach, Sie haben noch etwas gut bei mir«, antwortete Olaf diplomatisch. »Wollen wir?«

»Bevor Sie wieder in die Decke schießen«, lächelte Franziska und hielt ihm ihr Hände entgegen. »Handschellen?«

»Aber nein«, meinte Olaf, »wir machen doch nur einen Spaziergang.«

Kapitel 40

Dienstag, 1. August, abends

Es darf angenommen werden, dass das Dienstzimmer des Kriminalrates Karl-Eberhard Strelitz im Verlaufe der Jahre bereits den unterschiedlichsten akustischen Belastungen ausgesetzt war. Von konspirativen Gesprächen in gedämpftem Tonfall bis hin zu lautstarken Beteuerungen der Unschuld hatte es die verschiedensten Nuancen zwischen geraunten und gepolterten Wortbeiträgen gegeben. Obendrein hatte sich die uralte Kaffeemaschine Rudolf häufig mittels unüberhörbarem Gurgeln und Röcheln geäußert.

Am Abend des ersten Augusts stand in Strelitz' Zimmer ohne Zweifel einer der lebhafteren Auftritte auf dem Programm, obwohl Rudolf diesmal nicht in Betrieb gesetzt wurde. Zunächst betrat Tatjana den Raum, eng flankiert vom Kriminalrat und seiner Kollegin Kannengießer. Das Gespräch hatte sich seit dem Aufbruch der drei im Landheim »Erntedank« in der Struktur kaum verändert, aber in der Intensität wesentlich an Profil gewonnen.

Strelitz betonte mit tragendem Bass, dass er nicht mehr gewillt sei, sich hinters Licht führen zu lassen und im Übrigen einen unerfreulichen Tag zu beklagen habe, während Tatjana – zwei Oktaven höher angesiedelt – versicherte, dass es ihr fernläge, den Kriminalrat zum Narren zu halten, und ihr Tag im Übrigen ebenfalls bescheiden gewesen sei, denn schließlich habe sie eine Leiche gefunden. »Das mag bei Ihnen zum täglichen Repertoire gehören, aber für mich war es die erste Leiche, die ich in natura gesehen habe!«

Strelitz stutzte kurz und sagte dann: »Ach so, Sie meinen diesen Junkie!« Er hätte ebensogut zwei Flaschen Spiritus in einen Gartengrill kippen können. Die etwas abschätzige

Bemerkung setzte in Tatjana nämlich neue Kräfte frei, die ihren Ausdruck in einem etwas atemlos gehaltenen Vortrag über den Wert des Lebens im Allgemeinen und das traurige Schicksal des armen Siggi im Besonderen fand.

In dieses Gefecht unterschiedlicher Stimmlagen griff schließlich Konstanze in mittlerer Tonlage ein und versuchte, Tatjana wieder auf den thematischen Ausgangspunkt zurückzuschrauben, worauf Tatjana nochmals den Verlauf der letzten Stunde aus ihrer Sicht zum Besten gab. Während ihr Redeschwall einem dramatischen Höhepunkt entgegensteuerte, dem Strelitz nicht mehr als ein wiederholtes »Moment mal« entgegenzusetzen hatte, öffnete sich die Tür.

Oberkommissar Olaf Knispel betrat die Bühne, indem er Franziska vor sich her schob. Verblüfft schaute er in die Runde. »Was ist denn hier los?«

»Gut, dass du da bist, Olaf!« Tatjana stürzte in seine Arme und schluchzte in sein weißes Oberhemd.

Strelitz schaute seinen Mitarbeiter an. »Habe ich da gerade ein Deja-vú? Sind Sie wieder mal mit der Hauptverdächtigen liiert? Und haben Sie wieder mal Frau Morgenstern verhaftet?« Er schlug mit der flachen Hand auf den Tisch.

»Ganz sicher ist Tatjana keine Hauptverdächtige und mit Frau Morgenstern habe ich einen Spaziergang gemacht.«

»Quark! Ich habe die Kofferdiebin und was haben Sie?«, schnauzte Strelitz.

»Den Koffer«, antwortete Olaf Knispel trocken und stellte das bisher halb hinter dem Rücken verborgene Gepäckstück mit einem dramatischen Schwung auf den Besuchertisch. In genau diesem Moment senkte sich erneut die Klinke der Bürotür und eine Zehntelsekunde später stand Rudi Klingebiel in der Zimmermitte.

»Ich hörte von Parzellennachbarn, dass Sie meine Tochter mitgenommen haben. Darf ich fragen, was Sie ihr vorwerfen?« Der sensible Beobachter hätte gemerkt, dass Vater Klingebiel bereits ziemlich erregt war. Strelitz, der durchaus feinfühlig sein konnte, hatte aber weiterhin keinen guten Tag.

»Klingebiel, alter Zapfhahn, wollen Sie mir meinen Job erklären? Ihre Tochter steht im Verdacht, zwei Millionen Euro beiseite gebracht und zur Vertuschung dieses Deliktes im Anbau des Landheims gezündelt zu haben. Sind Sie eigentlich versichert?«

Das nun einsetzende Stimmengewirr hätte beim Bayrischen Rundfunk einen Preis gewonnen oder zur sofortigen Abschaltung des Programms geführt. Die übrigen öffentlich-rechtlichen Sendeanstalten hätten die Wortbeiträge der Kontrahenten vermutlich erst nach Mitternacht ausgestrahlt. Die Vorzimmerdame des Kriminalrates hatte glücklicherweise längst Feierabend gemacht; sie hätte ansonsten zweifellos rote Ohren bekommen. Lediglich Franziska beteiligte sich nicht an dem tumultartigen Szenario.

Die Textbausteine blieben unverändert: Tatjana beschwor ihre Verdienste an der Wiederbeschaffung des Koffers und ihre Unschuld am erneuten Verlust des Gepäckstückes, Strelitz beharrte darauf, dass er nicht bereit sei, sich von Vater und Tochter Klingebiel irreführen zu lassen, Konstanze bemühte sich um vermittelnde Worte und befürwortete die Rückkehr zu einer gepflegten Konversation, während Olaf Knispel auf seinen Millionenfund verwies, mit dem Tatjana offenbar nichts zu tun haben könne, da er das Geld in der Laube von Frau Morgenstern aufgefunden habe.

Franziska löste sich aus der in der Zimmermitte stehenden Menschentraube, ging zum Schreibtisch des Kriminalrates, nahm die dort stehende, noch halbvolle Kaffeekanne, betrachtete sie nachdenklich, hielt sie dann mit ausgestrecktem Arm von sich – und ließ sie fallen. Die Kanne schlug dumpf auf, zerbrach in etliche Scherben und spritzte den Inhalt an Tisch – und Hosenbeine. Schlagartig trat Ruhe ein. Die Diskutanten starrten fassungslos auf Franziska.

Strelitz fand als erster Worte. »Sind sie noch zu retten?«

»Hätte ich noch einen Moment gewartet, könnte Herr Knispel möglicherweise in die Decke geschossen haben. Sie wissen, er neigt dazu – in meiner Laube hat er das Kunststück voriges Jahr ebenfalls hinbekommen. Und man weiß ja nie, wo die Querschläger landen.«

Strelitz rang nach Luft. »Erst finden Sie permanent Verletzte oder Tote, dann geben Sie mir Anweisungen, welches Personal ich sinnvollerweise einzusetzen habe, und jetzt beginnen Sie damit, mein Porzellan zu zerschlagen? Sind Sie wirklich noch zu retten?« Sein Blick wanderte in die Runde. »Ist hier überhaupt noch jemand zu retten? Aber bitte, Frau Morgenstern, wenn Sie Freude daran finden, schauen Sie doch bitte im Vorzimmer in das Sideboard. Dort finden Sie weiteres Geschirr.« Sein Blick blieb an Olaf Knispel hängen. »Was machen Sie eigentlich hier? Hatten Sie nicht den Auftrag, den Herrn Kampendonk zu observieren?«

»Eigentlich schon, Chef, aber Frau Klingebiel sendete mir eine SMS, in der sie um Hilfe bat«, kam die zögerliche Antwort des jungen Kriminalbeamten.

»Hilfe weswegen?«

»Sie schrieb mir, dass sie möglicherweise verhaftet werden soll. Da bin ich natürlich sofort zum Landheim, um dieser Fehlentwicklung entgegenzuwirken.« Strelitz wollte erneut aufbrausen, aber Knispel führte seinen Gedankengang zu Ende. »Als ich eintraf, war Frau Klingebiel bereits mit Ihnen auf dem Weg hierher. Deshalb begab ich mich zu Frau Morgenstern, um dort Näheres in Erfahrung zu bringen. Frau Morgenstern war bei meinem Eintreffen – nun ja – gerade mit diesem Koffer beschäftigt.«

Strelitz fasste Franziska genauer ins Auge. »Ich bin sicher, Sie werden uns das alles erklären können, oder?«

Franziska holte tief Luft. In diesem Moment öffnete sich erneut die Zimmertür. Herein kam Andreas Klapphorn mit seinen beiden Kindern.

»Immer herein, immer herein, hier ist heute Tag der offenen Tür«, murrte Strelitz. »Lassen Sie mich raten – Sie haben gerade auf der Toilette ihres Gartenhäuschens eine Leiche gefunden, richtig?«

»Nein …«

»Zwei Leichen?«

»Herr Strelitz, ich bin nicht hier, um zu Ihrer Erheiterung, sondern zur Aufklärung beizutragen!«

Die ruhige, bestimmte Art von Andreas Klapphorn brachte Strelitz zurück in die Spur. »Konstanze, schmeißen Sie mal den Rudolf an und stellen die Ersatzkanne hinein«, er wies mit dem Kopf auf die Kaffeemaschine, »Frau Morgenstein beseitigt die Scherben und Sie, Olaf, holen aus dem Vorzimmer ein paar Stühle. Und dann gucken wir mal, ob wir Licht in die Geschichte bringen. Und Sie, Herr Klingebiel, nennen mich nie wieder einen alten Ziegenficker!«

Als die Runde endlich geordnet zusammensaß und Rudolf leise gurgelnd seine Spätschicht absolvierte, eröffnete der Kriminalrat das Gespräch mit einer Entschuldigung für sein unbeherrschtes Auftreten. »Ich bitte um Nachsicht – es ist einfach ein bisschen viel im Moment.«

Tatjana trat ihrem Vater dezent vor das Schienbein. Der zuckte kurz und murmelte dann ebenfalls eine Entschuldigung. Dann ließ man sich ausreden, hörte zu und fragte nach. So konnte Tatjana von ihrem Husarenstück berichten, das sie mit dem Raub des Koffers aus der Wagenburg zustande gebracht hatte. Dann habe sie leichtsinnigerweise den Koffer in der Gaststube stehen lassen, weil um diese Uhrzeit ohnehin keine Gäste zu erwarten gewesen seien. Sie habe in den oberen Wohnräumen nach ihrem Vater gesucht und ihn nicht vorgefunden. Darauf habe sie – noch aus den oberen Räumen – Herrn Strelitz über das Vorhandensein des Koffers informiert.

Im Anschluss sei sie wieder in die Gaststube hinabgestiegen und habe feststellen müssen, dass der Koffer nicht mehr da war. Stattdessen habe sie einen Brandgeruch wahrgenommen. Dem sei sie nachgegangen und – was den Brandherd anging – im Anbau fündig geworden. Sie habe umgehend die Feuerwehr alarmiert, aber es sei ihr bis zum Eintreffen des Löschzuges gelungen, die Flammen zu ersticken. Einen Reim könne sie sich auf die gesamte Geschichte nicht machen, habe aber Verständnis dafür, dass sich die Gesamtsituation für den dann eintreffenden Kriminalrat Strelitz höchst irritierend dargestellt haben müsse.

Rudolf gab ein anhaltendes Röcheln von sich und beendete den Kaffeedurchlauf mit einem satten Rülpser. Karl-Eberhard Strelitz nickte nachdenklich.

Franziska übernahm die Berichterstattung. »Unsere Kinder und die Kinder des Nachbarn Markgraf kamen zu mir mit dem Koffer und berichteten, dass sie ihn von einem fremden, alleinstehenden Rad genommen hätten.« Sie hielt inne und horchte ihren eigenen Worten nach. Es war das erste Mal, dass sie im Zusammenhang mit Julia und Johannes von »unseren Kindern« gesprochen hatte. Auch Andreas hatte diesen Moment aufmerksam registriert, ließ sich aber nichts anmerken. »Dann hörten die Kinder die Feuerwehr und sind zum Landheim gelaufen. Als sie wieder zurückkamen, hatte mich Herr Knispel schon zu einem Spaziergang hierher mitgenommen.« Sie lächelte nun ebenfalls.

»Tja«, meinte Rudi, »und ich hatte eine kleine Radfahrt durch das Kleingartengelände unternommen, 'n bisschen auslüften, Sie versteh'n? Hermanns Dackel Friedhelm hatte ich vorne im Korb, der kann mit einem Fahrrad nicht mehr Schritt halten. Es war noch angenehm warm und die Gäste kommen sowieso erst später. Als ich wieder zurückkam, erzählten mir die Nachbarn von der Aufregung mit der Feuerwehr und dass man meine Tochter mitgenommen hätte. So bin ich dann schnellstens hierhergefahren.«

»Dann bleibt nur zu klären, wer den Koffer aus dem Landheim geholt und den Anbau angezündet hat«, meinte Tatjana.

»Dazu hätte ich schon eine Idee«, meinte Franziska nachdenklich. Andreas nickte.

Kriminalrat Strelitz nickte ebenfalls und schaute Rudi Klingebiel an. »Wussten Sie, Herr Klingebiel, dass Ihre Ex-Frau heute Morgen aus der Haft entflohen ist?« Er erzählte in kurzen Worten, was passiert war und dass wahrscheinlich eine Rache-Aktion von ihr zu erwarten sei.

»Das würde auch erklären, warum im Koffer Geld fehlt – sie scheint noch Zeit gefunden zu haben, sich zu bedienen und den Schuppen anzustecken«, sinnierte Franziska.

»Wie bitte?« Strelitz atmete tief durch.

»Ja«, erklärte Franziska seelenruhig, »ich war gerade beim Durchzählen, als Herr Knispel … sich zu mir gesellte. Herr Strelitz hatte Andreas und mir schon vorher berichtet, dass es sich um zwei Millionen Euro handelt. Es fehlen aber rund 10 000 Euro. Sie dürfen mich und meine Gartenlaube gerne durchsuchen – ich habe nichts beiseite geschafft, aber Rudis Ex-Gattin wird sich bedient haben.«

»Ich finde, es gab für den heutigen Tag genug Katastrophenmeldungen«, erklärte Strelitz. »Sie dürfen alle nach Hause gehen, während wir hier noch eine kleine Überstunde anhängen werden.«

Konstanze Kannengießer und Olaf Knispel schauten ihn fragend an.

»Ja«, instruierte der Kriminalrat sein kleines Team, »Sie werden jetzt das Geld genau durchzählen – es ist ja gebündelt –, während ich den Bankier Kampendonk anrufe, auf dass er noch heute sein Geld abholen möge. Je eher kann er auf die nächsten Forderungen der Entführer eingehen.«

Die Besucher entfernten sich einzeln und in Gruppen aus dem Dienstzimmer von Karl-Eberhard Strelitz. Franziska und Andreas gingen sehr zufrieden Arm in Arm mit »ihren« Kindern. Rudi Klingebiel musste erst einmal die Nachricht verarbeiten, dass seine Exfrau sich wieder auf freiem Fuß befand, und Tatjana nahm einen innigen Abschied von ihrem Olaf

– »Bis nachher«, raunte er. Konstanze hatte mit dem Zählen begonnen und Strelitz wählte die Nummer des Bankiers.

Kapitel 41

Dienstag, 1. August, spätabends

Bankier Kampendonk hatte sein Kommen sofort zugesagt und erschien eine halbe Stunde später, wie üblich im dunkelblauen Anzug, der einen interessanten Kontrast zu seinem silbergrauen Haar bildete. Karl-Eberhard Strelitz nötigte ihn, Platz zu nehmen, und bot ihm eine Tasse Kaffee an.

»Oh, musste Rudolf Überstunden machen?«, lächelte Kampendonk und lehnte dankend ab. »Wenn ich um diese Uhrzeit noch Kaffee zu mir nehme, dann werde ich heute Nacht kein Auge zutun.«

»Das kann ich gut verstehen«, versicherte Strelitz. Er holte den Koffer und legte ihn vor Kampendonk auf den Besuchertisch. »Hier haben wir das gute Stück, leider mit einem kleinen Schwund.«

Kampendonk sah ihn fragend an.

»Nach unseren Ermittlungen ist der Koffer durch verschiedene Hände gegangen. Zunächst hätten Sie mit dem Abwurf des Koffers beinahe einen Kleingärtner erschlagen, der sich gerade mit seinem Dackel auf dem abendlichen Rundgang befand. Bevor er ihn am nächsten Tag abgeben konnte, erlitt er eine Herzattacke. In der nächsten Nacht ist bei ihm eingebrochen worden und der Koffer geriet vorübergehend außer Kontrolle.«

Kampendonk lauschte den Erzählungen des Kriminalrates aufmerksam.

»Der Koffer tauchte durch die Unterstützung einer … sagen wir mal, freien Mitarbeiterin wieder auf. Er war in einer Gruppe von Aussteigern gelandet, die gar nicht weit vom Bahndamm campieren.«

»Na, da werden Sie wohl auch die 10 000 Euro wiederfinden«, mutmaßte Kampendonk. »Haben Sie schon eine beherzte Durchsuchung in Erwägung gezogen?«

»Nun, ich fürchte, diese Idee ist nicht alternativlos. Der Koffer geriet nämlich nochmals in unbefugte Hände und wir haben den begründeten Verdacht, dass sich der jetzt zu beklagende Verlust erst dann eingestellt hat. Es handelt sich um eine Person, die heute Morgen aus der Haft entwichen ist.«

»Meine Güte, was ist denn das für eine Geschichte? Das ist ja außerordentlich befremdlich. Haben Sie den Flüchtling inzwischen wieder dingfest gemacht?«

»Es handelt sich um eine Sie«, korrigierte Strelitz.

»Ach du liebes bisschen! Wirklich sehr irritierend«, betonte der Bankier, schüttelte den Kopf und tätschelte gedankenverloren seinen Koffer, als handele es sich um seinen Lieblings-Rottweiler.

»Ich habe meine Mitarbeiter gebeten, das Geld nochmals nachzuzählen. Aber selbstverständlich können Sie den Fehlbestand noch einmal mit einer eigenen Zählung überprüfen.«

»Danke, nein«, winkte Kampendonk ab. »Wir wollen ja heute alle noch Feierabend haben.«

Er wollte aufstehen und sich verabschieden.

»Noch auf ein Wort, Herr Kampendonk«, hielt Strelitz ihn auf. Kampendonk, der sich schon halb erhoben hatte, nahm noch einmal Platz. »Wie soll es denn jetzt weitergehen?«

»Ich rechne noch heute Abend mit einem erneuten Anruf der Entführer«, erklärte der Bankier. »Ich werde ein Treffen für eine erneute Geldübergabe vereinbaren, ich bleibe auch dabei, dass ich alles persönlich abwickeln werde. Ich wäre Ihnen im Übrigen dankbar, wenn Sie meine Observierung einstellen würden«, lächelte er. »Aber keine Sorge – ich bleibe bei meiner Zusage, Ihnen sofort Bescheid zu geben, wenn der Zeitpunkt für polizeiliches Eingreifen gekommen ist.«

Er erhob sich endgültig, wünschte noch einen entspannten Abend und verließ die Runde des Ermittlerteams.

»Okay«, sagte Strelitz und kehrte endlich wieder seine väterliche Seite hervor. »Kommt, Kinder, wir machen jetzt Feierabend. Und morgen will ich niemanden vor neun Uhr hier sehen.«

Er erhob sich. »Ach, Olaf ...«

»Ja?«

»Wenn Sie noch einmal eine Observation einfach abbrechen, gibt es vier Wochen Beamten-Triathlon!«

»Was ist das?«

»Lochen, heften, ablegen!«

Kapitel 42

Dienstag, 1. August, nachts

Franziska und Andreas waren mit den Kindern in Franziskas Wohnung vor Anker gegangen.

Die Kleinen schliefen längst auf Luftmatratzen in der oberen Wohnebene. Franziska und Andreas kuschelten auf der geräumigen Couch im Wohnzimmer. Sie verkosteten als Schlummertrunk eine Flasche Rotwein und ließen den turbulenten Tag Revue passieren. »Was war für dich das wichtigste Ereignis am heutigen Tag?«, wollte Franziska wissen.

Andreas reagierte prompt. »Das war der Moment, in dem du von ›unseren Kindern‹ gesprochen hast«, meinte er.

Sie nippte an ihrem Rotwein. »Ich habe gar nicht darüber nachgedacht. Es ist irgendwie über meine Zunge gerutscht. Der Satz war einfach da.«

»So wie du einfach da bist – und das ist gut so,«, meinte er.

Franziska ließ diese Feststellung im Raum stehen. Das war aus dem Mund des introvertierten Andreas eine Liebeserklärung, die komplexer und ehrlicher nicht hätte ausfallen können. Er hatte mit der kurzen Feststellung Gefühle in Worte gekleidet, für deren Beschreibung andere eine abendfüllende Rede benötigt hätten.

»Und mir geht es gut, wenn du da bist«, sagte sie. »Julia und Johannes scheinen sich ebenfalls wohlzufühlen.«

Sie stellten ihre Rotweingläser ab und genossen ausdauernd die romantische Stimmung.

Ganz anders war die Stimmungslage der Wagenburg-Aussteiger, die sich auf den entgegengesetzten Pol zubewegte. Onno, der bislang das Regulativ der Aussteiger war, würde nicht wiederkehren, das war allen klar. Die Schlägerei zuvor war genauso schnell zu Ende gewesen, wie sie ausgebrochen war. Nun saß jeder vor seinem Wagen, haderte mit seinem Schicksal und dem Rest der Welt. Nicole und Rasmus wären am liebsten sofort irgendwohin aufgebrochen, aber ihr Bauwagen war ebenso wie der restliche Fuhrpark nicht fahrtüchtig. Außerdem gab es nur zwei Zugmaschinen im Camp, von der niemand mit Sicherheit sagen konnte, ob sie gut über den Winter gekommen waren.

Kriminalrat Strelitz lag unterdessen in seinem Bett und fand dank des späten Kaffees keine Ruhe. Die offenen Fragen des Entführungsfalls vermischten sich mit dem ungeklärten Todesfall im Gewächshaus des Schulgartens und verquirlten sich schließlich mit der Flucht von Simone Klingebiel-von Lausitz. Schließlich fiel ihm noch ein, dass er Tatjana hätte befragen müssen, wer eigentlich aus der Wagenburg bei Hermann Schilling eingebrochen war und den Koffer geraubt hatte. Er rechnete allerdings nicht mit einer ausgeprägten Kooperationsbereitschaft.

Neben sich hörte er die gleichmäßigen Atemzüge seiner Frau. Die Zeit, in der sie halbe Nächte über seine aktuellen Kriminalfälle diskutierten, hatten sie lange hinter sich. Dennoch – oder gerade deswegen – hatte ihre Ehe gehalten. Viele Kollegen in seinem Umfeld, sinnierte Strelitz, hatten die Überstunden mit dem Verlust ihrer Familie bezahlt und ihre Gesundheit mit einem Zuviel an Kaffee, Zigaretten und manchmal auch Alkohol beschädigt.

Konstanze Kannengießer führte mit ihrem derzeitigen Lebenspartner eine intensive Debatte, in deren Mittelpunkt die Themen »Überstunden« und »Urlaubssperre« standen. Der Gesprächsverlauf entwickelte sich außerordentlich unerfreulich und endete ohne die sonst übliche Versöhnung.

Olaf Knispel wiederum kompensierte die Ereignisse des Tages mit Tatjana. Ein ausführliches Gespräch, in dem das Schicksal von Siggi noch einmal in den Mittelpunkt gerückt wurde, funktionierte als Ouvertüre für einen immer entspannter werdenden Abend. Schließlich bedurfte es keiner Worte mehr.

Ganz anders bei Bankier Kampendonk – er war, wie von ihm vorhergesagt, an diesem Abend noch Teilnehmer eines ausführlichen, sehr wortreichen Telefonats. Das Ergebnis war nicht geeignet, die Sorge um seine Frau zu vermindern. Er saß noch lange in seinem Sessel und überlegte sein weiteres Vorgehen in dieser völlig aus dem Lot geratenen Affäre. Nachdenklich blickte er in einen bauchigen Cognac-Schwenker, als sei sie seine persönliche Kristallkugel.

Claudette hatte an diesem Abend das deutliche Gefühl gehabt, unmittelbar vor ihrem ersten Weinkrampf zu stehen. Sie löste in einer Rätselzeitschrift noch einige Sudokus. Dann löschte sie das Licht und hoffte, schnell einzuschlafen – eine von vielen Hoffnungen der letzten Tage, die sich nicht erfüllten.

Kapitel 43

Mittwoch, 2. August, vormittags

Pünktlich um zehn Uhr betraten Franziska und Andreas den großen Sitzungsraum im Bürogebäude des Bausenators. Es ging um die Überlegung der Behörden, mit den Aussteigern zu einem Duldungs- und Nutzungsvertrag zu kommen. Franziska hatte den Termin unter dem Eindruck der gestrigen Erlebnisse völlig verdrängt.

Andreas hatte beim Frühstück plötzlich die Idee gehabt, noch mal in seinen Terminkalender zu schauen, »um zu sehen, was der Tag von uns will.« Daraufhin war es mit dem entspannten Frühstück vorbei gewesen. Aber sie kamen noch gerade rechtzeitig.

Die Schönwetterphase hielt an und die Morgensonne tauchte den Sitzungsraum in eine Lichtfülle, die umgehend zur Aktivierung der Außenjalousien führte. So saß man in einer Art Halbdunkel und vor jedem Teilnehmer standen drei unterschiedliche Kaltgetränke.

Auf einem Sideboard warteten zudem zwei große Isolierkannen mit der Aufschrift »Kaffee« beziehungsweise »Tee« darauf, in den Sitzungsablauf einbezogen zu werden. Direkt daneben standen einige Tassen samt Untertassen in Bereitschaft. Zuckerdosen und Milchkännchen rundeten das Stillleben ab.

»Oha, man will etwas von uns«, flüsterte Andreas in Franziskas Ohr. Die anwesenden Behördenvertreter wirkten aufgeschlossen und schienen fast mit einer kindlichen Vorfreude behaftet.

Der Sitzungsleiter begrüßte »unsere beiden Gäste aus dem Kleingartenleben Bremens« sehr herzlich, bezeichnete sie als »Vertreter der grünen Parallelwelt unserer Hansestadt« und stellte anschließend die übrigen Gesprächsteilnehmer vor. Er selbst ließ nicht unerwähnt, dass er auf den Namen »Popphusen« höre, »Dr. Wolfgang Popphusen.«

»So viel Zeit muss sein«, flüsterte Franziska in Andreas' Ohr. Der hatte Mühe, seine Erheiterung zu verbergen.

»Dies ist im Übrigen nicht das B-Team der Bremer Baubehörde – hier haben sich trotz der Ferienzeit Abteilungs- und Referatsleiter zusammengefunden, um mit Ihnen Neuland zu betreten. Aber wenn ich recht orientiert bin, sind Ihnen die Strukturen des öffentlichen Dienstes nicht unbekannt – Frau Morgenstern ist, sobald ich weiß, sogar Mitarbeiterin in unserem Ressort«, lief sich der Sitzungsleiter warm. Mit geschmeidigen Sätzen führte er an das Kernthema heran, verwies auf das im Vorfeld zugestellte Schreiben und machte dann eine Atempause.

Ein anderer Schlipsträger, der sich aber wie die übrigen männlichen Anwesenden vom Jackett befreit hatte, griff in das Geschehen ein, bevor Andreas sich einbringen konnte.

»Lassen sie mich zunächst noch einige grundsätzliche Aspekte ins rechte Licht rücken ...«, begann er.

Licht?, überlegte Franziska und betrachtete die heruntergeschraubten Außenjalousien. Naja ...

Der zweite Wortführer, Dr. Kramnitzer, erging sich in formaljuristischen Betrachtungen, beschrieb Handlungsspielräume, die innerhalb der bestehenden rechtlichen Grenzen Möglichkeiten zur Beschreitung neuer Wege eröffneten, sprach von einer Innovation auf dem Feld der Bürgerbeteiligung und Bürgernähe, gepaart mit ökologischer Verantwortung, die hier im Sinne einer Win-Win-Situation wegweisende Funktion erhalten könne ...«

Franziska bemerkte, dass die amtliche Botschaft an ihr abperlte. Andreas schaute ausdruckslos auf den Redner.

Franziska entschloss sich in diesem Moment zu einer kurzen und direkten Gesprächsführung. Als der Redner zum Schlussplädoyer ausholte, seine Gedanken noch einmal zusammenfasste und seiner Hoffnung Ausdruck verlieh, dass der Kleingartenverein auf diesem neuen Weg partnerschaftlich begleiten werde, sagte Franziska trocken: »Nö.«

Sie öffnete eine Flasche Mineralwasser und füllte das vor ihr stehende Glas.

Der Sitzungsleiter blinzelte irritiert und schaute einmal in die Runde, um sich zu vergewissern, dass er richtig gehört hatte.

»Sie sind nicht mit der Idee einverstanden, dass wir uns über einen Duldungs- und Nutzungsvertrag mit der Wagenburg-Initiative verständigen? Aber wozu haben wir uns denn heute zusammengesetzt?«

Franziska lehnte sich entspannt zurück.

»Ich habe den Eindruck, dass wir das Gesprächsthema erst einmal von einem Übermaß an Sozialromantik befreien müssen. Es handelt sich bei dieser ›Wagenburg‹ keinesfalls um eine Initiative. Hier haben vielmehr einige Akteure in einer Art Niemandsland in einer gewissen räumlichen Nähe zueinander ihre im Übrigen kaum noch fahrtüchtigen Bauwagen abgestellt. Zwischen den Personen gibt es kaum oder keine Gemeinsamkeiten und so etwas wie ökologisches Bewusstsein dürften Sie hier kaum finden. Dafür gibt es durchaus kriminelle Energien …«

»Frau Morgenstern, bitte«, unterbrach Herr Dr. Popphusen. »Wir wollen doch sachlich bleiben und uns an Fakten orientieren.«

»Gerne«, griff Andreas ein. »Allein in dieser Woche haben wir in der Wagenburg-Szene eine Leiche, einen Einbruch und einen gestohlenen Koffer mit zwei Millionen Euro zu verzeichnen gehabt. Streng genommen müsste hier am Tisch auch die Kriminalpolizei sitzen.«

Dr. Kramnitzer war aus dem Konzept gekommen. Er hatte sich für die Sitzung ein sorgfältig erarbeitetes Drehbuch zurechtgelegt, dass bei einer veranschlagten Sitzungsdauer von einer Stunde über die Stationen »Problemdarstellung«,

»Anhörung des Vereins«, »Ausräumen eventueller Bedenken« schließlich mit der Unterzeichnung eines Dokumentes enden sollte, das in einer zweiten Zusammenkunft mit der Wagenburg – aber möglichst ohne Kleingartenverein – die Basis dieses Modellversuchs bilden sollte. Jetzt saß er mit offenem Mund da und wirkte etwas fassungslos.

»Also können wir das Ganze hier abbrechen?«, fragte er schließlich. Sein freundlich-verbindlicher Ton aus der Eröffnungsphase des Gesprächs war deutlich abgekühlt.

»Nö«, meinte Franziska wieder. Die Sitzung begann, ihr Spaß zu machen.

»Wie jetzt?« Dr. Popphusen war ebenfalls ratlos.

»Naja«, Franziska beugte sich vor. »Sie möchten unsere Hilfe und wir möchten ebenfalls unterstützt werden. Das Leben ist ein Geben und Nehmen, nicht wahr?«

Sie schilderte in wohlgesetzten Worten das Problem des fehlenden Wasseranschlusses. Daneben ließ sie anklingen, dass man sich vielleicht dazu durchringen könne, alle berechtigterweise bestehenden Bedenken gegen die Aussteiger-Szene zurückzustellen und einem Duldungs- und Nutzungsvertrag nicht im Wege zu stehen, so man sich auf einen Probelauf verständigen könne, der zunächst bis zum Ende des Jahres begrenzt sein sollte. »Aber eben nur, wenn das Thema ›Wasser‹ gelöst werden kann.«

Andreas stand auf und Franziska folgte seinem Beispiel. »Ich denke, Sie müssen das in ihren Etagen sicher noch ventilieren«, meinte Andreas. »Lassen Sie es uns wissen, wenn Sie zu einem Ergebnis gekommen sind.«

»Bleiben Sie bitte noch einen Moment!«, bat Dr. Popphusen. Er hatte von seinem Staatsrat die klare Vorgabe bekommen, das Gespräch zu einem erfolgreichen Abschluss zu bringen. Und jetzt drohte die Geschichte zu platzen. »Sie bekommen ihr Wasser! Wir werden da schon Wege finden, oder?« Er blickte in die Bürokratenrunde. »Ich meine, die politische Spitze unseres Hauses hat ein ausdrückliches

Interesse am Gelingen dieses Modellversuchs zum Ausdruck gebracht. Und das hat dann eben seinen Preis.«

»Sag ich doch«, lächelte Franziska. »Wo können wir unterschreiben?«

Kapitel 44

Mittwoch, 2. August, mittags/nachmittags

Franziska und Andreas kehrten in gehobener Stimmung ins Kleingartengebiet zurück. Sie landeten auf Franziskas Parzelle, die auch von Julia und Johannes bevorzugt wurde, denn nebenan gab es mit den vier Kindern der Familie Markgraf Spielgefährten, die Garant für Abwechslung während der Sommerferien waren. Darüber hinaus war Andreas' Parzelle durch den direkt angrenzenden Kleingarten stimmungsmäßig doch stark belastet. Im vergangenen Jahr war dort nach einem Brand ein Ehepaar ums Leben gekommen und nun war auch der als Nachfolgeeinrichtung etablierte Schulgarten von einem Todesfall überschattet.

Franziska und Andreas hatten bereits wiederholt darüber nachgedacht, seinen Garten aufzugeben. Eine abschließende Entscheidung war jedoch noch nicht gefallen. Beide hatten diese Frage bislang offen gelassen, sicher auch, um weitere Weichenstellungen in ihrer Beziehung aufzuschieben – Weichenstellungen, die auf eine gemeinsame Wohnung hinauslaufen und eine Eigendynamik entwickeln würden, in der auch Themen wie Heirat und gemeinsame Kinder eine Rolle spielen könnten. Franziska spürte, dass Andreas dafür noch nicht reif war, und so blieb es bei ihrer bisherigen Gemeinsamkeit, die sie nie definiert hatten, sondern einfach geschehen ließen.

Das Mittagessen sollte heute nicht allzu üppig ausfallen, denn am Abend stand Grillen auf der Tagesordnung – Franziskas Schwester Johanna hatte sich nach einem Urlaub auf Spiekeroog angesagt – mit ihrem neuen Lebensgefährten, den sie vorstellen wollte.

Andreas grub Kartoffeln aus, während Franziska einen Salat herstellte, in dem sich etliche Produkte ihrer Parzelle wiederfanden. Zur Abrundung gab's für jeden Matjesfilet. Im Anschluss verfügte sich Franziska auf die Hollywoodschaukel, um ein wenig zu dösen. Dabei ging ihr einiges durch den Kopf – ihre berufliche Situation, die sie derzeit als unbefriedigend empfand, weil sie karrieremäßig in einer Sackgasse steckte und zudem unter einem Abteilungsleiter litt, dessen Personalführung autokratische Züge trug, die allmählich unerträglich wurden. (»*Reden wir nicht immer über mich, reden wir auch mal über euch – wie findet ihr mich denn*?«) Dieses unerfreuliche Bild ersetzte sie durch ein anderes: Sie mit Andreas vor dem Standesamt. Bevor sich aber weitere Visionen einstellen konnten, war sie in einen entspannten Mittagsschlaf hineingerutscht.

Andreas wollte eigentlich den Kompost umschichten und im Anschluss Hermanns Garten wässern. Beides verschob er jedoch hitzebedingt auf einen späteren Zeitpunkt und rückte sich neben der Hollywoodschaukel eine Gartenliege zurecht. Darauf erlitt er das gleiche Schicksal wie Franziska. Und auch sein Übergang in den Schlaf wurde begleitet durch Gedanken an seine Berufswelt. Dabei beschäftige ihn vor allem die Frage, ob er nun, nach dem Tod von Sabine Hellwege, seine Bewerbung zum stellvertretenden Schulleiter aufrechterhalten sollte.

Johannes erwies sich einmal mehr als strebsamer Schüler und bearbeitete in der Gartenlaube seinen Ferienaufsatz. Julia hatte sich wieder in ein »Hanni und Nanni«-Buch vergraben. Von den Markgrafschen Kindern war nichts zu hören und zu sehen – wahrscheinlich befand sich die Familie am Unisee. So genoss die kleine Lebensgemeinschaft im Himbeerweg acht Wochen lang unbeschwerte Sommerferien, die von einer anhaltenden Schönwetterperiode begünstigt wurden.

Zur Kaffeestunde kam man wieder zu sich. Andreas befand, dass ein Eis für jeden, dazu ein Kaltgetränk, die passende Antwort auf die angenehmen, fast zu hohen Außentemperaturen sei.

Schließlich schritt der Nachmittag voran und vor Johannas Besuch stand noch eine außerordentliche Vorstandssitzung in Rudis Hinterzimmer auf dem Programm. Andreas hatte diesen Termin für notwendig gehalten, um den Vorstand auf dem Laufenden zu halten – immerhin hatte es heute Vormittag eine bahnbrechende Entscheidung für den Kleingartenverein »Erntedank« gegeben.

Gegen 17 Uhr war der Vorstand schließlich komplett im Hinterzimmer des Landheims »Erntedank« versammelt. Andreas hatte das Fenster weit geöffnet, um den Sommer reinzulassen. Rudi sorgte für Getränke, nachdem Sebastian Baumgarten die Bestellung in eine klare Anweisung verpackt hatte: »Lass den Kaffee in der Kanne und stell uns ein paar Flaschen Cola, Orangensaft und Mineralwasser auf den Tisch …«

»Ihr Lieben, es wird nicht allzu lange dauern, denn wir haben gute Nachrichten. Andreas, du bist der Erste Vorsitzende, berichte uns doch bitte den aktuellen Stand der Dinge«, eröffnete Franziska die Zusammenkunft des Vorstandes.

»Gern«, meinte Andreas aufgeräumt. »Zum einen kann ich euch mitteilen, dass wir einen neuen Pächter für die alte Gärtnerei am Blaubeerweg gefunden haben. Ihr wisst, da liegt ein riesiges Gelände seit fünf Jahren brach, und wir haben jetzt einen Interessenten an der Angel, der dort neues Leben in die alten Gewächshäuser bringen will. Es handelt sich um einen Herrn Felix Duvenbostel, der sich zusammen mit seiner Ehefrau Margot eine neue Existenz aufbauen will. Beide sind ausgebildete Gärtnermeister und haben zuletzt in Hamburg eine Gärtnerei betrieben. Aus persönlichen Gründen hat es sie jetzt nach Bremen verschlagen. Ich denke, wir laden sie auf die nächste reguläre Vorstandsitzung ein. Dann sollen sie sich uns allen vorstellen und wenn es keine Bedenken gibt, sollten wir den Vertrag noch am selben Abend unterzeichnen.«

Die Anwesenden klopften wohlwollend Beifall.

»Dann gibt es Neuigkeiten von der Behördenfront. Ihr erinnert euch: Wir hatten den Auftrag, über einen Nutzungs- und Duldungsvertrag mit der Wagenburg zu verhandeln, wenn wir denn im Gegenzug Unterstützung bei der Herstellung eines Wasseranschlusses erhalten würden. Dazu sollte vielleicht Franziska berichten, denn sie hat zu diesem Thema im Wesentlichen das Wort geführt.«

»Gut«, übernahm Franziska das Wort, »ich mach es kurz: Die Behörden werden uns die Wasserleitung komplett finanzieren. Wir haben bereits einen Vorvertrag unterzeichnet, der –«

An dieser Stelle wurde sie durch einen Knall unterbrochen, der seinen Ursprung ganz offensichtlich draußen auf der Straße hatte, die hinter dem Landheim vorbeiführte. Sebastian Baumgarten fiel mit seinem Stuhl hintenüber.

»Meine Güte, Sebastian!«, rief Franziska und verließ ihren Platz, um ihm wieder auf die Beine zu helfen.

Andreas, der neben Sebastian gesessen hatte, stand von seinem Stuhl auf, ebenfalls mit dem Ziel, den Mitstreiter wieder in die Senkrechte zu bringen. Neben ihm rückte die Schriftführerin Ursula Brettschneider mit ihrem Stuhl beiseite. Die übrigen Anwesenden waren aufgesprungen, alle im Bemühen, den Rechnungsführer wieder in eine komfortablere Position zu bringen. Draußen nahm ein Fahrzeug – unbemerkt von allen – langsam Fahrt auf.

Andreas sah als erster, dass Sebastian nicht einfach hintenüber gefallen war. Seine Augen blickten starr zur Zimmerdecke. Über der Nasenwurzel hatte er ein Loch, das jetzt begann, kräftig zu bluten.

Ursula Brettschneider stieß einen Schrei aus und bekam einen Weinkrampf. Franziska, der Sebastians Anblick ebenfalls nahe ging, nahm Ursula in den Arm.

Rudi kam rein. »Habt ihr gerade den Knall gehört? Als ob jemand geschossen hätte!«

»Ich fürchte, du hast Recht«, antwortete Andreas. Er rang wie alle Vorstandsmitglieder mühsam um Fassung. Zu längeren Sätzen sah er sich außerstande und zeigte nur auf den am Boden liegenden Sebastian.

»Oh! Oh nee, nich?« Rudi suchte ebenfalls nach Worten. Er stellte sein leeres Tablett beiseite und wischte sich mit einem karierten Geschirrhandtuch den Schweiß von der Stirn. Dann ging er zurück in die Gaststube und drängte seine Tochter, die gerade in das Hinterzimmer vorrücken wollte, zurück. »Da geh mal im Moment nich rein, Mäuschen. Das ist nix für dich!«

Damit hatte er das Gegenteil erreicht. Tatjana schob sich an ihm vorbei ins Hinterzimmer und erlitt einen Schock, der sich durch ein leichtes Zittern am ganzen Körper manifestierte. Nur Sebastian rührte sich nicht mehr. Er war tot.

Rudi rief bei Strelitz an. Der hatte gerade wieder einmal mit seinem Ermittlungsteam zusammengesessen, um zu erörtern, wer als Nächstes was, wie, wann und wo tun sollte.

Er nahm ab, meldete sich, sagte: »Hallo, Herr Klingebiel,« und hörte aufmerksam zu. Die Botschaft war kurz. »Sie sind sicher, dass das kein Scherz ist?!«, fragte er.

Konstanze Kannengießer und Olaf Knispel konnten hören, wie Rudi am anderen Ende der Leitung laut wurde.

»Ist schon gut, Herr Klingebiel. Man darf ja noch mal fragen, oder? Ich meine, so wie die Dinge liegen … Wie bitte? ... Das einzige, was liegt, ist Herr Baumgarten? Wir sind sofort an ihrer Seite«, versicherte er dem Wirt des Landheims. Dann legte er auf und erhob sich. Konstanze und Olaf schauten gespannt zu ihm hoch.

»Auf geht's, Kinder«, sagte er grimmig. »Im Kleingartengebiet hat es wieder einen Toten gegeben. Diesmal im Hinterzimmer des Landheims. Wir sollten allmählich überlegen, ob wir dort dauerhaft einen Außenposten einrichten müssen!«

»Wen hat es … Ich meine, wer ist denn diesmal ums Leben gekommen? Und was genau ist passiert?« Olaf wollte sich offenbar vor dem Eintreffen am Tatort einen ersten Eindruck verschaffen.

»Das werden wir uns jetzt angucken. Herr Klingebiel war nicht sehr gesprächig, was ich verstehen kann. Ich bin aber sehr sicher, dass Frau Morgenstern und Herr Klapphorn wieder mal beteiligt waren, als die Leiche gefunden wurde.«

Wenig später erfuhr er, dass er falsch lag. Angesichts des Schocks, unter dem ganz offensichtlich alle Beteiligten standen, verkniff er sich jede zugespitzte Bemerkung. Als er allerdings sah, dass die Anwesenden jeder ein Grappa-Glas vor sich stehen hatten und Rudi gerade nachschenkte, gebot er Einhalt. »Tut mir leid, Herr Klingebiel, aber bevor Sie mir die Zeugen abfüllen, möchte ich noch ein paar Fragen stellen.« Er blickte in die Runde. »Fühlt sich jemand aus Ihrem Kreis in der Lage, etwas zum Tathergang zu sagen?«

Nun passierte etwas Seltsames. Alle Anwesenden hatten bis jetzt kaum ein Wort gesagt, die Frage von Herrn Strelitz aber löste einen wahren Dammbruch aus. Alles redete durcheinander, von Schluchzern unterbrochen, mit teilweise wackliger Stimme. Der Kriminalrat musste jedoch schnell erkennen, dass die einzelnen Botschaften, die ihm jetzt vorgetragen wurden, zwar übereinstimmten, aber wenig Substanz beinhalteten.

Man hatte zusammengesessen, das Fenster sei wegen der angenehmen Temperaturen weit offen gewesen, und dann hätte es mitten in den Vortrag von Frau Morgenstern einen Knall gegeben. Sebastian Baumgarten sei daraufhin mit dem Stuhl umgestürzt. Und draußen, wussten immerhin vier der Anwesenden zu berichten, sei ein Fahrzeug angefahren. Franziska und Andreas gehörten zu denjenigen, die dies wahrgenommen hatten.

Aber niemand konnte aus dem Fahrgeräusch ableiten, um welche Art Fahrzeug es sich gehandelt hatte. Lediglich die Fahrtrichtung stand für die vier Ohrenzeugen fest: zum Utbremer Ring.

»Und von da aus zum Utbremer Kreisel, und dann ab zur A27«, mutmaßte Olaf Knispel.

»Möglich«, stimmte Strelitz zu. »Konstanze, aktivieren Sie bitte unsere Spurensicherer. Vielleicht können die draußen Reifenspuren sicherstellen. Vielleicht hat der Schütze oder die Schützin ja auch eine Zigarette weggeworfen oder irgendetwas anderes verloren. Und dann wollen wir mal hoffen, dass uns die Kugel weitere Aufschlüsse gibt. Der Schuss ist aus größerer Distanz abgefeuert worden und hat präzise sein Ziel erreicht. Ich tippe mal auf ein Gewehr, das vielleicht auf der halb versenkten Wagentürscheibe aufgelegt war. Auf jeden Fall ein Profi.«

Die drei Ermittler gingen aus dem Hinterzimmer in die Gaststube. Konstanze erfüllte dabei per Handy den Auftrag des Kriminalrates.

»Schon irgendeine Idee, Chef?«, erkundigte sich Olaf.

»Ja. Aber lassen Sie mal hören, welche Gedanken Sie zu dem Fall haben. Und Sie natürlich auch, Konstanze.«

Olaf begann, laut zu denken. »Also, das Gebiet hier ist viel zu klein und überschaubar, als dass es sich um völlig zusammenhanglose Delikte handeln könnte. Wir sind hier ja nicht im Sherwood-Forest«, scherzte er.

»Soweit d'accord, mein Junge. Weiter!«, ermunterte ihn Strelitz.

»Ich muss gestehen, dass sich mir der Zusammenhang einfach nicht erschließen will. Wir wissen zu wenig.«

»Und Sie, Konstanze?«

»Wir haben im Moment zwei Ausgangspunkte für Delikte aller Art«, überlegte Konstanze, die ihr Telefonat gerade abgeschlossen hatte. »Zum einen die flüchtige Frau Klingebiel –«

»Klingebiel-von Lausitz«, grinste Strelitz. »So viel Zeit muss sein.«

»Natürlich, Chef. Frau Klingebiel-von Dingenskirchen hat zweifelsfrei einen wenn auch ambivalenten Bezug zu diesem Ort. Hier hat sie gewohnt, hier war sie unglücklich, hier hat sie im letzten Jahr versucht, ihren Mann umzubringen, und von hier ist sie damals geflüchtet, auch wenn sie dabei nicht weit gekommen ist. Aber nachdem sie ihren Mann im vergangenen Jahr aus kürzester Entfernung nur in den Arm getroffen hat – zum Glück für Herrn Klingebiel – darf man sie wohl ausschließen. Sie kommt für einen solchen Präzisionsschuss nicht in Frage. Außerdem: Woher hätte sie die Waffe haben sollen? Damit bleibt nur die Wagenburg. Die haben gerade ein Vermögen verloren, auch wenn sie nur die temporären Besitzer des Geldes waren. Aber unter Umständen ging es hier ganz profan um Rache.«

»Sie meinen, aus Verärgerung über den Verlust des Geldes erschießt man den Rechnungsführer des hiesigen Kleingartenvereins? Das ist aber etwas abenteuerlich. Die Wagenburg ja, da könnte der Täter oder die Täterin stecken. Aber das Motiv scheint mir doch etwas dünn!«

»Naja, wer weiß, auf welche Ideen diese Aussteiger kommen, wenn erst einmal Alkohol und Drogen im Spiel sind«, überlegte Konstanze.

»Nein, da fehlt noch was«, meinte Strelitz. »Aber die Richtung stimmt. Und deswegen machen wir jetzt Nägel mit Köpfen. Wir rollen die Aussteiger-Szene auf. Ich fordere Verstärkung an und dann durchsuchen wir jeden Bauwagen. Aktionsbeginn in einer Stunde.« Er wandte sich an Tatjana, die hinter der Theke stand. »Und Sie begleiten uns bitte bei dieser Aktion.«

Tatjana war fast sprachlos. »Wieso ich? Ich denke nicht daran!«

»Doch, doch. Erstens benötigt man bei Hausdurchsuchungen immer eine neutrale Person. Da Sie nicht zum Kreis des Vorstandes gehören, kann man Sie vielleicht gerade noch als ›neutral‹ einstufen. Außerdem, und das ist der eigentliche Grund, möchte ich vermeiden, dass es vor unserem Eintreffen eine Warnung gibt. Und vor dem Hintergrund des hier erfolgten Anschlages sollten Sie bitte noch mal überlegen, ob Sie sich doch noch an die Namen der Kofferdiebe erinnern können.«

Tatjana überlegte kurz. »Gut«, meinte sie, »die ganze Geschichte wird mir unheimlich. Und wenn ich jetzt noch einmal nachdenke, dann fällt mir ein, dass Rasmus und Nicole den Koffer in ihrem Bauwagen hatten. Mit Nachnamen kann ich leider nicht dienen.«

Kapitel 45

Mittwoch, 2. August, nachmittags

In Claudettes Verlies war es an diesem Nachmittag auffallend ruhig. Etwas war anders als in den letzten Tagen: Es war kein Mittagessen gekommen. Sie hatte sich zum Licht- und Luftschacht begeben und gerufen, schließlich an die Tür getrommelt – nichts. Das batteriebetriebene Radio ließ sich nicht so laut stellen, als dass es außerhalb ihrer Zelle hörbar gewesen wäre.

Alle Sinne waren gespannt – es schien sich eine Änderung anzubahnen. Ihr Optimismus, dass letztendlich alles ein gutes Ende nehmen würde, hatte seit vorgestern erheblich gelitten. Sie versetzte dem Buch, das ihr für die Zeit ihrer bisherigen Gefangenschaft über die langen Stunden hinweggeholfen hatte, einen Tritt. Dann setzte sie sich auf ihr Lager, zog die Beine an und vergrub ihren Kopf zwischen den Knien. »Ja«, sagte sie halblaut zu sich selbst, »ich habe Angst. Eine Scheißangst.« Dann folgte heftiges Schluchzen und ein Schwall Tränen spülte die bislang erfolgreich ausgeblendeten Ängste und Befürchtungen an die Oberfläche. Ihre Beherrschung zeigte Risse und drohte insgesamt nachzugeben.

Kapitel 46

Mittwoch, 2. August, nachmittags/abends

Franziska und Andreas saßen wieder auf ihrer Parzelle. Franziskas Schwester Johanna hatte mit ihrem neuen Lebensgefährten einen 14-tägigen Spiekeroog-Urlaub absolviert und wusste einiges zu berichten. Ihre Söhne, plapperte sie munter, seien mit dem Ex unterwegs und kämen morgen zurück. Sie würde demnächst gerne ihren neuen Lebensabschnittsbegleiter vorstellen wollen. Wie es am nächsten Wochenende sei?

Franziska reagierte freundlich, aber zerstreut. Andreas schaute völlig geistesabwesend durch Johanna hindurch.

»Sagt mal, ist irgendetwas? Seid ihr überhaupt bei mir?«

Franziska kehrte in die Gegenwart zurück. »Du musst schon entschuldigen, aber wir sind reichlich durch den Wind. Es gibt im Kleingartengebiet schon wieder Todesfälle!«

»Was?!«

»Ja, erst Anfang der Woche eine Lehrerin im Schulgarten, neben Andreas' Parzelle. Es steht noch nicht fest, ob es sich um einen Unglücksfall handelt, oder doch von einer Straftat ausgegangen werden muss.«

Johanna ließ die Bratwurst sinken, die sie gerade vom Grill genommen hatte.

»Und vorhin, während unserer Vorstandssitzung, hat man unseren Rechnungsführer durch das offene Fenster erschossen.« Franziskas Stimme wackelte.

»Ist nicht wahr, oder? Und dann kannst du hier so ruhig sitzen?«

»Ja, aber Andreas und ich sind tief schockiert. Direkt in unserer Mitte – das hätte jedem passieren können.«

»Glaub ich nicht«, widersprach Andreas, der für seine

Verhältnisse aufgewühlt wirkte. »Wir waren schlicht nicht gemeint. Es ging ganz gezielt um Sebastian Baumgarten.«

»Ist die Polizei involviert?«

»Ja, natürlich.« Franziska nahm eine weitere Portion Salat.

»Und wer leitet die Ermittlungen? Doch wohl nicht dieser Strulitz, oder wie der hieß?«

»Strelitz«, antwortete Andreas. »Er war vorhin bereits da und jetzt mischt er das Aussteigerdorf am Ende unseres Kleingartengebietes auf.«

»Ach, du meine Güte«, verkündete Johanna. »Da kommt doch nichts bei raus. Muss man jetzt nicht die Lebensumstände dieses Rechnungsführers beleuchten?«

»Ja, ich denke schon. Die Aktion bei der Wagenburg ist erst einmal ein Schuss ins Dunkle, mit dem man andererseits wohl nicht warten durfte. Danach steht vermutlich wieder die kriminalistische Kleinarbeit an, du weißt schon, erneute Befragung aller denkbaren Zeugen, Erhellung der Lebensumstände des Opfers …«

Johanna wischte sich den Mund ab. Sie fühlte sich gesättigt. »Wisst ihr, was wir tun? Wir gucken uns die Parzelle von dem Opfer an.«

»Das wird Strelitz aber überhaupt nicht witzig finden.«

»Wir wollen ihn ja auch nicht erheitern«, konterte Johanna trocken. »Aber ich sehe euch an, wie tief der Schock sitzt – da ist doch Kompensation angesagt. Und die kann man nur durch einen völligen Tapetenwechsel schaffen, oder indem man sich intensiv mit dem Erlebten befasst.« Johanna besaß eine starke Neigung, Personen und Situationen zu analysieren, um daraus Handlungsvorschläge zu entwickeln. Die Ergebnisse ihrer psychologischen Laienarbeit vertrat sie in der Regel mit starker Überzeugungskraft.

Andreas war nicht begeistert – er stand wie Franziska noch zu sehr unter dem Eindruck des Anschlags auf Sebastian Baumgarten. Aber wäre es in dessen Sinne gewesen, dass auch der Kleingartenvorstand, dessen Mitglied er gewesen war, aktiv zur Aufklärung dieses perfiden Mordes beitrug? Waren sie als Vereinsvorstand innerhalb ihres Vereinsgebietes sogar verpflichtet, etwas zu tun? Aber Strelitz war gerade anderweitig beschäftigt. Als Andreas sich die Karten gedanklich so weit zurechtgelegt hatte, gab er seinen Widerstand auf. Seine Kinder waren schon vor einiger Zeit zur Markgrafschen Sippe abgerückt. Von dort war eine Geräuschkulisse zu vernehmen, die weder Hermann Schilling noch dem Dackel Friedhelm gefallen hätte. Aber beide waren ja ortsabwesend.

So brach das Trio auf, um Sebastian Baumgartens Parzelle zu inspizieren. Sie gehörte nicht zu den Pachtparzellen, sondern besaß »Eigenlandstatus«. Mit anderen Worten – hier gab es eigenen Grund und Boden, der die Besitzer allerdings nicht von den Regeln des Bremer Kleingartenwesens befreite. Im Kleingartenverein »Erntedank« beschränkte sich das Eigenlandpotenzial auf den Stachelbeerweg und den Brombeerweg. Zwischen Parzellenpächtern und »Eigenländlern« bestand traditionell ein gespanntes Verhältnis, das fast eine Zweiklassengesellschaft darstellte. Daher waren Franziska und Andreas froh gewesen, dass sie mit Sebastian Baumgarten einen Akteur für den Vorstand gefunden hatten, mit dem man die Vorbehalte der beiden Lager auflösen konnte.

»Was hat der Herr Baumgarten denn eigentlich beruflich gemacht?«, erkundigte sich Johanna.

Franziska sah Andreas an. »So genau weiß ich das nicht«, zuckte er mit den Achseln. »Aber er ist … er war irgendwie in der freien Wirtschaft tätig. Als Finanzexperte, wenn ich es richtig verstanden habe. Er muss viel mit Zahlen zu tun gehabt haben.«

Sie waren am Baumgartschen Kleingarten angelangt. Eine mehr als zwei Meter hohe Ecke versperrte die Sicht. Die Eingangspforte machte ebenfalls einen unüberwindbaren Eindruck. Die Autoauffahrt hingegen war mit Flügeltüren gesichert, die vielleicht 120 Zentimeter hoch waren und kein ernsthaftes Hindernis bildeten. Ein kleiner Klimmzug, ein Bein rüber, das zweite nachgezogen – und schon standen die drei auf dem Privatgelände.

Die Gartengestaltung hatte ganz offensichtlich nicht zu den Arbeitsschwerpunkten von Sebastian Baumgarten gehört. Eine erstaunliche Zahl von Obstbäumen, hohe Sträucher und verwinkelte Wege ließen einen Gesamteindruck entstehen, der mit »verwunschen« treffend beschrieben werden konnte. Weniger romantisch veranlagte Gemüter hätten den Begriff »verwahrlost« benutzt, Diplomaten wiederum hätten den Begriff »naturbelassen« verwendet. Das Gras des Rasens hatte eine Länge erreicht, die von einem Elektromäher nicht mehr bewältigt werden konnte.

Franziska, Andreas und Johanna rückten bis zum Haus vor. Es handelte sich um einen massiven Backsteinbau in reichlich marodem Zustand. Die Außenmaße überschritten deutlich die zulässigen 20 Quadratmeter – hier stand keine Gartenlaube, sondern ein kleines Wohnhaus. Es stammte offensichtlich aus jener Zeit, in der Wilhelm Kaisen, der legendäre Bremer Bürgermeister, nach dem Zweiten Weltkrieg vorübergehend das Wohnen in Kleinartengebieten erlaubt hatte.

Eine rostbesetzte Pumpe, eine brüchige Leiter, die an einem Kirschbaum lehnte, ein kleines Gewächshaus mit vielen zerschlagenen Scheiben, üppiges Farnkraut, wilder Rhabarber und viele ausgeblühte Blumenstauden, ein alter Gartenstuhl, ein umgestürzter Rosenbogen. Vernachlässigung und Verfall, wohin das Auge blickte. Was war hier passiert? Sebastian Baumgarten hatte in diesem Sommer kaum einen Handschlag in seinem Garten getan. Soweit Andreas wusste, hatte Baumgarten die Parzelle im letzten Herbst von seinem Onkel geerbt. Sie hatten Sebastian bei einem kleinen Umtrunk im Landheim kennen gelernt, ihn für die Vorstandsarbeit gewinnen können und einen guten Kontakt gepflegt, ohne je seinen Garten inspiziert zu haben. Das lag nicht zuletzt daran, dass die Parzellenpächter die beiden Eigenlandwege mieden.

Auch die benachbarten Parzellen boten ein ähnlich abenteuerliches Bild. Johanna spähte durch ungeputzte Scheiben ins Haus. »Ich würde zu gerne sehen, wie es drinnen aussieht«, meinte sie.

»Oh, da mache ich mir keine Illusionen.« Franziska warf einen Blick auf das Gesamtbiotop. »Ich wüsste nicht, warum wir im Haus auf eine andere Welt stoßen sollten als hier draußen. Außerdem dürfen wir da nicht so einfach eindringen.«

»Wir gehen jetzt noch einmal um das Haus und das war's dann. Strelitz würde kollabieren, wenn er uns hier sähe«, vermutete Andreas. Sie bahnten sich durch Gestrüpp den Weg um das Gebäude.

»Guck mal, der alte Kasten ist sogar unterkellert«, rief Johanna überrascht. Sie wies auf eine kleine Metallplatte, die offenbar einen Licht- und Luftschacht zu einem Kellerfenster abdeckte.

»Das muss ich mir genauer ansehen.« Franziska zerrte die Metallplatte beiseite und Andreas griff ebenfalls mit zu.

Als die Platte beiseite gestellt war, beugten sich drei Köpfe über den freigelegten Schacht. Und sechs Ohren hörten, dass da jemand »Hallo!« rief.

Kapitel 47

Mittwoch, 2. August, abends

Strelitz marschierte auf dem staubigen Platz der Wagenburg missmutig von Bauwagen zu Bauwagen. Erfolgreiche Aktionen sahen insgesamt anders aus. Sicher, man hätte diesen Rasmus samt seiner Freundin festnehmen können, aber streng genommen war das nur Beifang. Die Hoffnung, auf die Tatwaffe zu stoßen oder Indizien für weitere kriminelle Energien zu finden, hatte sich zerschlagen. Es gab nicht einmal einen Drogenfund. Die Spürhunde, die sich zu allem Überfluss durch die freilaufenden Vierbeiner der Aussteiger-Szene hatten irritieren lassen, hatten zwar mehrfach angeschlagen, aber jedes Mal verzeichnete der Hundeführer »Fehlanzeige«.

Die Aussteiger hatten Oberwasser. Zwei von ihnen waren zwar abgeführt worden, aber gegen den Rest schien nichts vorzuliegen. Entsprechend süffisant waren die Kommentare.

»Alles klar, Herr Kommissar?«, feixte ein Mädchen und schmiegte sich kokett an seine Schulter. Ein anderer Aussteiger intonierte mit rostigem Bass eine Variante der »Internationale«: »Wacht auf, Beamte dieser Erde …!«

»Hätten wir gewusst, dass Sie kommen, hätten wir einen Kuchen gebacken«, bedauerte Judith. Konstanze und Olaf zogen ihren Chef beiseite, denn sie wussten, dass er kurz vor der Explosion stand. Seine Lunte konnte an solchen Tagen und in solchen Momenten extrem kurz sein.

Seine Mitarbeiter wären allerdings auch gut beraten gewesen, ihm das Handy wegzunehmen. Es meldete sich in der rechten Tasche seines Jacketts. Strelitz zerrte es ungeduldig hervor und meldete sich mit einem herrischen: »Ja?«

Er lauschte kurz und atmete tief durch. »Sie sind's, Frau Morgenstern? Sagen Sie nichts – nein, lassen Sie mich raten: ein weiterer Anschlag? Wie bitte? Sie haben jemanden gefunden? Tot? Nein? ... Wunderbar, das ist ja erfreulich, sie haben auch mal einen unversehrten Menschen gefunden. Verraten Sie mir auch, wie dieser Mensch heißt?«

Gleich darauf ließ er das Handy sinken und starrte Konstanze und Olaf an. Seine Adern an den Schläfen schwollen und er wurde dunkelrot.

»Die haben Frau Kampendonk gefunden«, sagte er leise. Dann sprach er wieder in das Handy. »Und Sie sind sicher, dass der Name stimmt? Und sie ist unversehrt? Aha, wie schön. Und wo sind Sie jetzt? Was? Auf der Parzelle von Herrn Baumgarten? Im Haus, dort war sie im Keller versteckt? … Ja, verstehe … Ja, wir kommen sofort, wir sind hier ohnehin fertig … Bitte? Was soll das heißen, Frau Kampendonk ist nicht mehr da? Ja, so etwas! Sie ist mit einem Taxi weggefahren? Wohin? Nach Hause? ... Danke!«

Er klappte sein Handy zu. »Entführungen! Mordanschläge! Kleingärtner! Und autonome Aussteiger! Ich hab's satt, ich hab's so satt.«

Seine Gesichtsfarbe tendierte jetzt ins Violette.

»Ey, entspann dich, Alter«, krächzte einer der umherstehenden Aussteiger. »Rauch lieber mal was«, empfahl ein zweiter. »Morgens 'nen Joint, und der Tag ist dein Freund.«

»Genau«, schaltete sich ein Dritter ein. »Haste Haschisch in der Blutbahn, kannste fliegen wie ein Truthahn!«

Konstanze und Olaf zogen an Strelitz' Ärmel. Der Chef musste hier unbedingt weg, sonst würde noch ein Unglück passieren.

»Woher kennen die unsere Sprüche?«, fragte Strelitz seine beiden Kollegen. »Die haben wir schon vor dreißig Jahren drauf gehabt und da waren die auch schon nicht mehr neu! Haben die denn vor gar nichts Achtung?«

Er riss sich zusammen. »Wir fahren jetzt zu den Kampendonks nach Oberneuland. Olaf, fahren Sie mal zur Abwechslung. Ich fühle mich im Moment nicht fahrtüchtig.«

Kapitel 48

Mittwoch, 2. August, abends

Franziska guckte erschrocken auf ihr Handy. Es hätte sie nicht überrascht, wenn aus dem Gerät kleine Rauchwölkchen aufgestiegen wären. »Mann, war der sauer. Von dem werden wir uns wohl noch was anhören müssen. Der sollte sich doch freuen, dass Frau Kampendonk wieder da ist. Wenn ich es richtig verstanden habe, hat sie seit Freitag dort festgesessen, und ich sage euch, das hat was mit dem Koffer und dem Lösegeld zu tun.«

»Zwei Millionen Euro? Dann kann sie aber nicht irgendwer gewesen sein«, überlegte Andreas.

»Und den Koffer hast du hier bei dir in der Laube gehabt? Mit den zwei Millionen Euro?«, staunte Johanna.

Franziska nickte. »Abzüglich 10 000 Euro.«

»Wie bitte? Habt ihr euch schadlos gehalten?«

»Aber Johanna«, protestierte Andreas, »das meinst du jetzt nicht im Ernst, oder?«

»Naja, suche mich bei der Unterführung ...«, flachste Johanna.

»Bitte?«

»Führe mich nicht in Versuchung, sondern suche mich ...«, erklärte Franziska trocken. »Johanna versucht gerade, witzig zu sein.«

»Ich fasse es nicht.« Johanna konnte sich kaum beruhigen. »Zwei Millionen Euro! Hier, in diesem Raum! A la bonne heure!«

»Jetzt wird es französisch«, sagte Franziska vorsichtshalber, »Hochachtung.«

»Ich weiß, ich hab's vier Jahre gelernt!« Andreas schauderte bei der Erinnerung an diese offenbar wenig erfreuliche Episode seiner Schullaufbahn. »Eine wirklich schöne Sprache, aber in der Grammatik gibt es mehr Ausnahmen als Regeln. Und bei den meisten Wörtern wird ein Drittel der Buchstaben verschluckt.«

»Lasst uns auf dieses Abenteuer anstoßen.« Johanna hob das Rotweinglas. Franziska goss ihr Glas ebenfalls voll und Andreas klinkte sich mit einem Hefeweizen ein.

»Und ihr sagt, dass es noch einen zweiten Todesfall gegeben hat?«

Franziska schaute sich um – die Kinder waren noch nebenan bei Markgrafs und würden wohl auch die Nacht dort verbringen. Vater Markgraf hatte zwei Zelte aufgebaut – eins für die Jungs, eins für die Mädchen. Nacht-Camping bahnte sich an.

»Also, es begann damit, dass wir auf Andreas' Parzelle waren. Nebenan ist doch der Schulgarten. Andreas hatte gesehen, dass die Tür des Gewächshauses offenstand. Deshalb sind wir dann rübergegangen und haben dort die Leiterin des Schulgartens tot aufgefunden.«

»Moment, Moment. Die Leiterin des Schulgartens? Ihr wollt mir doch nicht sagen, dass Sabine Hellwege tot ist?«

»Doch. Sag nicht, dass du sie kanntest!«

»Und ob. Sie war eine frühere Klassenkameradin von mir« Johanna war konsterniert und starrte ratlos in ihr Weinglas. »Das habe ich nicht gewusst. Scheiße.« Sie rieb sich die Augen.

»Richtig, du warst ja zwei Wochen auf Spiekeroog. Dorthin gelangen die Nachrichten wohl nur mit Zeitverzögerung«, erinnerte sich Andreas.

»Tut mir leid«, versuchte Franziska zu trösten und tätschelte ihren Arm. »Das konnte ich nicht wissen.«

»Schon gut«, schniefte Johanna. »Aber das ist wirklich … also, ich fasse es nicht. Wie ist es denn passiert? Ich meine, hat man ihr etwas angetan?«

»Sie wurde mit einen Genickbruch aufgefunden, weil sie rückwärts auf die Metallkante eines Gärtnereitisches gefallen war.«

»Dann kann es auch ein Unfall gewesen sein?«

»Die Polizei ist sich noch nicht im Klaren darüber. Es ist mitten in der Nacht passiert, obgleich sich dann eigentlich kein Mensch in einem Gewächshaus aufhält. Außerdem kann sie nicht allein gewesen sein – man fand keine Taschenlampe und ohne ist es zu der Uhrzeit kaum möglich, etwas zu sehen.«

»Ich war vor vier Wochen noch mit ihr unterwegs. Wir hatten nämlich Klassentreffen und sind noch auf einen Absacker weitergezogen. Daraus ist dann wohl mehr geworden. Wir haben gegenseitig aus dem Nähkästchen geplaudert – du weißt schon, mein Haus, meine Yacht, mein Pferd, mein Reitlehrer. Es wurde ziemlich spät.«

»Und was hat Frau Hellwege von ihren Reitlehrern erzählt?« Franziska war neugierig geworden. Eine innere Stimme meldete sich mahnend zu Wort: Franziska, du übernimmst gerade wieder den Job von Strelitz und Co. Irgendwann werden sie dir ihre antike Kaffeemaschine an den Kopf werfen.

»Oh, eine ganze Menge!« Johanna setzte sich in Erzählpositur. »Naja, die Gute hatte schon immer eine Schwäche für Jungs und später für Männer. In der Schule hatte sich die halbe Klasse für sie interessiert und das beruhte durchaus auf Gegenseitigkeit. Aber zuletzt hatte ich den Eindruck, dass sie zur Ruhe gekommen ist. Sie sprach von einem Schatz, bei dem sie sich einen dauerhaften Verbleib vorstellen könnte. Er soll vermögend sein. Das lässt natürlich auch unstete Geister sesshaft werden«, sinnierte sie. »Leider hat die ganze Konstruktion einen Schönheitsfehler. Der Typ ist verheiratet. Aber er will sich angeblich scheiden lassen.«

»Aha«, verlautete Franziska. »Also das übliche Muster. Wurden Namen genannt?«

»Ganz sicher, habe ich mir aber nicht gemerkt. Meine Erinnerungen unterliegen einer rotweinbedingten Eintrübung. Das kommt auch nicht wieder zurück, habe ich schon mal erlebt. Aber sie hat auch irgendwas von einer großen Reise erzählt. Und wehe, du fragst mich jetzt, wohin!«

»Wohin denn?«

»Franziska! Ich war blau. Breit, zu, abgefüllt, hackevoll, du weißt schon.« Sie schwenkte ihr Glas.

»Das sind aber Informationen, die wir möglichst schnell dem Kriminalrat erzählen sollten«, gab Franziska zu bedenken. Sie goss ihr Glas und dann das ihrer Schwester wieder voll.

»Aber nicht mehr heute«, gluckste Johanna, hielt ihr Glas gegen das Licht und nahm einen tiefen Zug.

»Auf dem Weg zum nächsten Filmriss?«, fragte Andreas mit höflicher Anteilnahme und betrachtete sie interessiert.

»Dazu brauch ich mehr. Wesentlich mehr. Mich wundert nur, dass ihr so zurückhaltend trinkt. Bei dem Erlebnis, das ihr heute hattet. Also, wenn ein Teilnehmer während einer Gesprächsrunde erschoßen würde und ich säße mit am Tisch, wäre ich mit meinen Nerven ziemlich zu Fuß!«

»Strelitz würde uns jetzt eine gewisse Abgebrühtheit attestieren«, gab Franziska zu. »Nach seiner Wahrnehmung finden Andreas und ich alle 24 Stunden ein neues Opfer – mal tot, mal noch knapp am Leben. Aber ich glaube, so aggressiv, wie er vorhin am Telefon war, sollten wir ihn für heute in Ruhe lassen.«

»Genau, Franzi. Und von dem grünen Zettel, den wir gefunden haben, erzählen wir auch nichts.« Ihre Stimme klang bereits etwas verwaschen. Sie holte den Zettel, auf dem eine siebenstellige Zahl notiert war, aus der hinteren Hosentasche und kicherte.

Sie hatten den Zettel in Baumgartens Haus gefunden. Er lag dort auf dem Küchentisch. Johanna hatte ihn im Vorbeigehen eingesteckt, während Franziska und Andreas sich darauf konzentrierten, die dumpfen Rufe zu orten, die aus der Tiefe des unscheinbaren Gebäudes zu kommen schienen.

Schließlich hatten sie die Kellertür gefunden und den schweren Riegel entfernt, der vor dem Türblatt klemmte.

Als die drei dann den Kellerraum betraten, war Claudette zunächst instinktiv einen Schritt zurückgewichen. »Guten Abend, mein Name ist Claudette Kampendonk. Darf ich fragen, mit wem ich das Vergnügen habe?« Sie hatte bewusst eine etwas distanzierte Konversationsform gewählt, obwohl ihr Puls sich verdoppelt hatte. Aber aus Claudettes Sicht galt es zunächst festzustellen, wer vor ihr stand.

Franziska hatte dann die Vorstellung übernommen und konnte Claudette mit ihrer unaufgeregten Art sehr schnell den Eindruck vermitteln, dass sie sich sicher fühlen durfte.

»Wir sind die Guten«, hatte Andreas versichert. Diese Entwarnung setzte bei Claudette alles frei, was sie in den letzten Tagen in ihrer untersten Schublade abgespeichert hatte – und das war nicht eben wenig. Sie erlitt spontan einen Weinkrampf, Franziska samt Schwester Johanna hatte daraufhin die Erstversorgung übernommen. Als sich die Gemütslage der Bankiersgattin soweit gebessert hatte, dass ihr wieder ganze Sätze zur Verfügung standen, hatte sie darum gebeten, möglichst schnell nach Hause zu dürfen.

»Sollen wir denn nicht die Polizei alarmieren?«, fragte Franziska und angelte nach ihrem Telefon.

Bei Claudette zeigten sich Vorboten eines zweiten Nervenzusammenbruchs. »Ich möchte jetzt einfach nur nach Hause, zu meinem Mann«, erklärte sie und schniefte in ein von Andreas angebotenes Taschentuch.

Franziska hatte keinen anderen Ausweg gesehen und zuerst ein Taxi bestellt. Im Anschluss führte sie das unerfreuliche Telefonat mit dem Kriminalrat.

Und nun saßen sie bei Rotwein und Hefeweizen zusammen und ereiferten sich über das Verhalten des Kriminalrates. Lediglich Andreas versuchte, Verständnis aufzubringen: »Ihr dürft nicht vergessen, dass ihm in diesem Fall alles schiefläuft. Er kommt immer zu spät – der Koffer und die

Entführte werden von anderen gefunden. Und dann wartet man noch nicht mal sein Eintreffen am Tatort ab. Und seine aufwändige Aktion bei den Aussteigern hat offenbar keine nennenswerten Ergebnisse gezeitigt. Zumindest hat er nichts darüber gesagt.«

»Naja, er wird uns wohl kaum zu irgendeinem Detail ins Vertrauen ziehen«, kicherte Johanna. Der Rotwein tat ihr gut – zumindest amüsierte sie sich prächtig. Die Trauer um Sabine Hellwege war für diesen Moment in den Hintergrund gerückt.

»Und im Todesfall Sabine Hellwege ist er bisher überhaupt noch keinen Schritt weitergekommen«, bemerkte Franziska tadelnd. »Außerdem ist Frau Klingebiel weiterhin auf freiem Fuß!«

Kapitel 49

Mittwoch, 2. August, spätabends

Kriminalrat Strelitz war mit seinem Team in Oberneuland angekommen, von Bankier Kampendonk persönlich eingelassen und in den Salon geleitet worden.

»Zuerst einmal dürfen wir Ihnen sagen, dass wir froh und erleichtert sind, dass ihre Frau unversehrt ist und die gesamte Aktion ein gutes Ende gefunden hat«, eröffnete Kriminalrat Strelitz das Gespräch. Er bemühte sich um einen unverbindlichen Konversationston. Darunter brodelte jedoch eine bis aufs äußerste gereizte Stimmungslage, jederzeit bereit, sich in einer gewaltigen Eruption den Weg an die Oberfläche zu bahnen.

Kampendonk war höflich genug, um auf die Bemerkung zu verzichten, dass die Kripo keinen nennenswerten Verdienst an dieser glücklichen Entwicklung des Falles für sich reklamieren konnte. Stattdessen nickte er leicht. »Ich schließe mich ihrer Einschätzung an, Herr Kriminalrat. Kann ich Ihnen etwas anbieten? Einen Armagnac? Einen Cognac? Oder einen Grappa?«

Strelitz wehrte ab. »Nein, wir sind noch im Dienst …«

»Ich verstehe.« Kampendonk gab die Gesprächsführung nicht aus der Hand. »Dann vermute ich sicher richtig, dass Sie jetzt gerne meine Frau sprechen würden?«

»Ja«, nickte Strelitz, »das wäre doch sehr hilfreich. Je früher wir von ihr die Umstände ihrer Entführung hören können und vielleicht Hinweise auf den oder die Täter erhalten, desto besser sind die Bedingungen für einen raschen Fahndungserfolg.«

»Ich glaube, den Begriff ›rasch‹ haben wir bereits unwiederbringlich verspielt.« Kampendonk erlaubte sich ein feines Lächeln. »Und was die Täterermittlung angeht, habe ich eher sekundäres Interesse. Meine Frau ist unversehrt und das Geld nicht verloren gegangen – einmal abgesehen von den 10 000 Euro, die offenbar dankbare Abnehmer gefunden haben.«

»Dürften wir dennoch Ihre Frau sprechen?«, insistierte Strelitz.

»Bedaure«, gab Kampendonk höflich, aber bestimmt zurück, »meine Frau befand sich nervlich in einem völlig derangierten Zustand. Ich habe ihr zugeredet, beruhigende Medikamente einzunehmen und sich hinzulegen. Sie schläft jetzt tief und fest. Ich vermute, dass sie erst morgen früh wieder vernehmungsfähig sein wird.«

Konstanze blickte beklommen auf ihren Chef. Strelitz ließ sich nichts anmerken. Wer ihn jedoch kannte – und Konstanze und Olaf kannten ihn gut –, der wusste, dass in seinem Inneren eine ausgeprägte Schlechtwetterfront zugegen war, die sie stellvertretend für die eigentlichen Verursacher später ertragen müssten.

Für einige Momente war nur die große Standuhr zu hören. Dann stand Strelitz abrupt auf.

»Ich will Ihre Zeit nicht über Gebühr in Anspruch nehmen. Lassen Sie mich bitte morgen wissen, wann ihre Frau sich zu einem Gespräch mit uns imstande sieht.«

Als Kampendonk begann, sich ebenfalls zu erheben, machte der Kriminalrat eine abwehrende Handbewegung. »Danke, Herr Kampendonk. Wir finden den Weg. Guten Abend.«

Und im Gänsemarsch verließ das Ermittlerteam die Nobelvilla.

Kapitel 50

Mittwoch, 2. August, spätabends

Franziska und Johanna genossen weiterhin den Trollinger, während Andreas auf alkoholfreie Getränke umstellte.

»Ihr entschuldigt mich«, sagte er etwas später und begab sich zum hinter der Laube in einem illegal gebauten Schuppen befindlichen WC.

»Und ich schau mal eben nach den Kindern. Die zelten beim Nachbarn auf dem Rasen«, meinte Franziska und ging nach draußen.

Johanna blieb allein zurück. Mit etwas glasigen Augen blickte sie auf den grünen Zettel mit der siebenstelligen Zahl. Die konnte natürlich alles Mögliche bedeuten. Unter anderem, dachte Johanna, könnte es sich um eine Festnetznummer handeln. Es lag zweifellos am Rotwein, dass sie ihr Handy griff und die Zahl eingab.

Sie horchte einen Moment. Dann kam tatsächlich eine Verbindung zustande. Eine Stimme meldete sich mit einem distanzierten: »Ja, bitte?«

»Hier spricht Franziska Morgenstern«, erklärte Johanna in dramatischem Tonfall. »Ich weiß, was Sie getan haben! Wenn Sie darüber sprechen möchten, kommen Sie morgen Abend um 20 Uhr in den Himbeerweg acht.«

Dann klappte sie blitzartig ihr Handy zu und kicherte vergnügt.

Einen Moment später kam Franziska wieder zurück, gefolgt von Andreas. Sie hatten über den Zaun zu den Zelten auf Markgrafs Rasen geschaut. Alles war dort ruhig gewesen.

»Noch einen Absacker, Johanna?«, fragte Franziska.

»Nein, danke. Ich habe wohl genug getrunken. Muss doch noch versuchen, mit dem Rad zu fahren.« Das tat sie fünf Minuten später, ohne von ihrem Telefonat zu berichten.

Die beiden Zurückgebliebenen klappten das Sofa in der Gartenlaube auseinander und bauten ein Bett. Etwas später kuschelten sie unter einer Wolldecke und besprachen noch einmal die Ereignisse des Tages. Der Mordanschlag auf Sebastian Baumgarten stand dabei weiterhin im Mittelpunkt. Franziska und Andreas stellten fest, dass die Verarbeitung aller schwerwiegenden Erlebnisse und Eindrücke zu zweit besser als allein funktioniert.

Wie war das noch mal? Zu zweit ist man eben weniger allein.

Kapitel 51

Donnerstag, 3. August, morgens

Der nächste Morgen verlief entspannt und wurde durch die lange in ihren Zelten schlafenden Kinder begünstigt. Um acht Uhr kehrten alle Protagonisten aus ihren individuellen Parallel-Traumwelten in die Wirklichkeit zurück. Franziska bereitete für die insgesamt sechs Kinder ein Frühstück. Markgraf winkte über den Zaun, bedankte sich für die Entlastung und kündigte an, dass er sich revanchieren werde. Franziska widerstand der Versuchung, schon jetzt bei ihrer Schwester anzurufen, um sich nach dem Befinden zu erkundigen. »Entweder ist sie heil zu Hause angekommen – dann liegt sie jetzt noch mit Kopfschmerzen im Bett. Oder sie ist nicht heil angekommen – dann befindet sie sich in medizinischer Obhut«, überlegte sie laut.

»Manchmal bist du wirklich ein Gemütsmensch!«, lachte Andreas und strich durch seinen Kinnbart. »Aber ich gebe dir Recht – entweder würden wir sie jetzt stören, oder aber der Anruf ginge sowieso ins Leere. Lass uns den kommenden Tag angucken – welche Prüfungen stehen uns denn heute ins Haus?«

»Ich rechne damit, dass sich die Kripo heute vorzeigen wird.«

»Richtig, das ergibt wieder eine Vorlesung unseres gemeinsamen Freundes Strelitz.« Andreas stellte das Lachen ein und wurde ernst. »Allerdings denke ich, dass er bei uns weit weniger erfahren kann als bei Frau Kampendonk.«

»Wohl wahr«, bestätigte Franziska. »Aber er wird uns zu Sebastian Baumgarten ein paar Löcher in den Bauch fragen. Allerdings wird er feststellen müssen, dass wir eigentlich nichts über unseren Rechnungsführer wissen. Außerdem müssen wir unseren Tag ja nicht nach Herrn Strelitz ausrichten. Unser Leben geht ja auch weiter. Was hältst du davon, zum Findorffer Wochenmarkt zu fahren und zum Beispiel die kleinen Pferdewürstchen zu besorgen? Ich kümmere mich dann um den Rasen – der müsste dringend gemäht werden. Und heute Nachmittag gehen wir bei Rudi vorbei.«

»Gerne«, zeigte sich Andreas über die Arbeitsteilung erfreut, »aber wollen wir auch zu ihm hineingehen«, lästerte er. Rasenmähen empfanden beide als Strafarbeit, während ein Ausflug zum schönsten Bremer Wochenmarkt immer wieder seinen besonderen Reiz hatte.

So schwang er sich nach dem Frühstück auf sein Rad. »Ich werde auch noch im Wein-und-Käse-Laden vorbeischauen«, kündigte er an.

»Lass Ddr Zeit«, seufzte Franziska, »ich hoffe, du wirst auch hineingehen, und ich werde mich mit dem Mähen länger beschäftigen.« Diese Einschätzung war zweifellos realistisch, denn es gab zwei Flächen: eine große vor der Laube und eine kleinere auf deren rückwärtiger Seite.

»Wir können aber auch gerne tauschen«, bot Andreas an.

»Nein, lass man, ist ja meine Parzelle. Da muss ich durch.«

»Wir müssen wirklich mal darüber nachdenken, ob wir auf Dauer zwei Kleingärten behalten wollen«, sinnierte Andreas. »Aber ich fahr jetzt mal los.«

Franziska nickte und stand unentschlossen vor dem großen Rasenstück. Es ging ja nicht nur ums Mähen – das Kantenschneiden und das Grasharken gehörte auch dazu.

Sie überlegte, die Kinder an diesem Arbeitseinsatz teilhaben zu lassen. Doch die waren, dem Lärmpegel nach zu schließen, gut beschäftigt. Das Zelten hatte offenbar das Thema »Cowboy und Indianer« wiederbelebt. Eben verlagerte sich das Geschehen von der Markgrafschen Parzelle auf Franziskas Scholle und es erwies sich, dass der hoffnungsvolle Nachwuchs die Idee hatte, Franziska in das Geschehen einzubeziehen. »Du spielst jetzt mit uns«, verkündete einer der Markgraf-Kinder, »wir brauchen nämlich jemanden für den Marterpfahl.«

»Euch geht's wohl nicht gut«, lachte Franziska, »ich habe zu tun.« In diesem Moment hatte sie eine Eingebung. »Es sei denn, ihr mäht im Gegenzug die beiden Rasenflächen. Plus Kanten, plus Gras-Zusammenharken.«

Jubel beim Nachwuchs. Der Deal war besiegelt. Und Franziskas Schicksal auch.

Kapitel 52

Donnerstag, 3. August, vormittags

Johanna wälzte sich auf ihrem Sofa auf die rechte Seite, um einen Blick auf ihre Armbanduhr werfen zu können. Sie hatte einen üblen Geschmack im Mund, eine pelzige Zunge und leichte Kopfschmerzen.

»Meine Güte, nie wieder Alkohol«, dachte sie und setzte sich mühsam auf. Sie versuchte, sich den gestrigen Tag, vor allem die Erlebnisse der zweiten Tageshälfte, wieder in Erinnerung zu rufen. Stückchenweise kehrten sie als Puzzle-Teile zurück und fügten sich zu einem komplexen Gesamtbild zusammen. Nur die Bilder des fortgeschrittenen Abends blieben verschwommen. Allerdings schälte sich eine Momentaufnahme heraus, die sie rückblickend nicht richtig einordnen konnte – der Telefonanruf, den sie unter Franziskas Namen ins Blaue hinein geführt hatte. Oder eben nicht ins Blaue, sondern mit einem sehr konkreten Menschen. Was hatte sie da bloß geritten? »Nie wieder Alkohol«, bekräftigte sie ihren Entschluss. Mit tapsigen Schritten bewegte sie sich ins Badezimmer.

Zur gleichen Zeit saß das leidgeprüfte Ermittler-Team im Dienstzimmer des Kriminalrates.

»Meine Geduld mit Herrn Kampendonk ist weitgehend erschöpft«, verkündete Strelitz. »Er nimmt uns von Anbeginn aus dem Rennen. Und jetzt, wo aus seiner Sicht alles ausgestanden ist, verweigert er weiterhin jede Kooperation. Aber es ist eben nicht alles ausgestanden – er hat seine Frau und das Geld zurück, aber er übersieht, dass wir einen Toten haben, der ganz offenbar in die Tat verwickelt ist. Und der Vorstand des Kleingartenvereins ›Erntedank‹ räumt ein, dass man über Sebastian Baumgarten eigentlich nichts weiß.«

Strelitz war aufgestanden und kippte etwas Futter in das Aquarium. Konstanze und Olaf schauten ihn erwartungsvoll an. Vorträge dieser Art blieben zumeist nicht unvollendet. So auch hier. Strelitz baute sich vor Rudolf auf, gab ihm Kaffeepulver zur Bearbeitung und setzte sein Referat mit fester Stimme fort: »Bankier hin, Bankier her, ich bin nicht bereit, mir diese Unverschämtheiten länger bieten zu lassen. Konstanze, Sie laden das Ehepaar Kampendonk vor. Sie mögen noch heute Morgen hier vorsprechen. Im Anschluss schauen wir uns die Parzelle von Baumgarten an. Die Spurenexperten waren ja inzwischen schon da. Danach werden wir mal wieder den Herrn Klapphorn und Frau Morgenstern besuchen. Auch wenn beide angeblich nichts Nennenswertes zu berichten haben.«

»Chef?«, meldete sich Konstanze vorsichtig zu Wort.

»Ja?«

»Kann es sein, dass Sie die Filtertüte vergessen haben?«

Rudolf gab ein völlig neues Geräusch von sich.

Kapitel 53

Donnerstag, 3. August, vormittags

Franziska war nicht sicher, ob sie wirklich weise gehandelt hatte. Sicher, die Kinder waren begeistert gewesen und hatten sie mit viel Tamtam an den Apfelbaum gebunden, der hinter der Laube auf dem kleinen Rasen stand.

Wenig später aber rief Herr Markgraf. »Kinder«, hört man ihn locken, »alle herkommen zum Eisessen!«

Und bevor Franziska sich zu dieser plötzlichen Programmänderung äußern konnte, lief der hoffnungsvolle Nachwuchs mit einem erneuten Jubelschrei zu Markgrafs Parzelle hinüber. Immerhin versicherte Johannes ihr noch, dass man gleich wiederkommen würde.

Franziska war für Momente sprachlos. Dann rief sie laut hinter den Kindern her. »Hallo! Geht's noch? Bindet mich gefälligst wieder los!« Der Geräuschpegel, der sich auf die Nachbarparzelle verlagert hatte, ebbte stark ab und war schließlich kaum noch hörbar – Tendenz abnehmend. Das Eis wurde offenbar nicht bei Markgrafs verkostet, sondern war Gegenstand eines kleinen Ausflugs zu Rudis Landheim.

Allerdings stand Franziska nun am Apfelbaum, ziemlich unfähig, sich zu bewegen. Die lieben Kinderchen hatten gute Arbeit geleistet.

»Na wartet«, murmelte sie, »kommt ihr mir in die Finger!«

Kaum hatte sie diese Drohung in leise Worte gekleidet, erhielt sie neue Gesellschaft. Irgendjemand rief ihren Namen.

»Hier bin ich«, rief sie zurück, erleichtert von der Aussicht, Hilfe zu bekommen. Eine Gestalt kam um die Laube herum und begab sich in ihr Sichtfeld.

»Frau Morgenstern, nehme ich an?«

Kapitel 54

Donnerstag, 3. August, vormittags

Andreas genoss die Radfahrt zum Wochenmarkt. Donnerstag war ein guter Markttag. Zwar entwickelte der Findorffer Wochenmarkt erst sonnabends seine typische Atmosphäre, die ihn weit über den Stadtteil hinaus zu einem gerne frequentierten Einkaufsziel hatte werden lassen, aber dafür gab es weniger Gedränge und freie Fahrradparkplätze. Die Marktbetreiber, die er benötigte, waren auch donnerstags präsent.

So hielt er sich kurz beim Pferdeschlachter auf, rang seinen jedesmal wiederkehrenden Gewissenskonflikt nieder, der ihn beim Kauf von Pferdewürsten befiel, und widmete sich dann ausführlich dem Käsestand.

Man durfte sicher sein, auf dem Wochenmarkt nicht ohne Gesprächspartner zu bleiben. Andreas traf hier häufig auf Eltern, deren Kinder er im Unterricht begleitete (manchmal verwendete er auch den Begriff »ertragen«), und die Palette der Themen reichte von einer allgemeinen Betrachtung der Wetterlage bis hin zur Einzelfallberatung, wie beispielsweise: »Denken Sie auch, dass unsere Clarissa-Jolanthe bei entsprechender Förderung eine glänzende Karriere als Konzertpianistin vor sich haben könnte?« Das eigentliche Problem war jedoch, dass Clarissa-Jolanthe wesentlich mehr Begabung im sportlichen Bereich an den Tag legte – ein Umstand, der elterlicherseits schlicht ausgeblendet wurde wie ein Geburtsfehler, über den man nicht einmal im Kreis der engsten Verwandten sprechen mochte.

Auch heute wurde seine Einkaufstour wiederholt durch ein »Hallo, Herr Klapphorn« unterbrochen. Andreas verwarf schließlich seine ursprüngliche Absicht, schnell wieder bei

Franziska zu sein, um ihr zumindest beim Zusammenharken des abgemähten Grases zu helfen.

Derweil kämpfte Johanna im Badezimmer ihrer Wohnung um die Rückgewinnung eines tageslichttauglichen Aussehens. Zum dritten Mal an diesem Morgen murmelte sie »Nie wieder Alkohol«, schaute widerwillig in den Spiegel und war mit dem, was sie dort sah, hochgradig unzufrieden. Sie überdachte mit gerunzelter Stirn den gestrigen Abend und fasste einen Entschluss.

Kriminalrat Strelitz fasste zur gleichen Zeit zwei Entschlüsse – erstens würde er in seinem nächsten Leben einen Beruf außerhalb des Polizeiapparates anstreben, zweitens beauftragte er Konstanze Kannengießer und Olaf Knispel mit einer speziellen Mission:

»Sie bringen mir jetzt Frau Kampendonk her, egal, wie Sie es anstellen!«

Vorausgegangen waren mehrfache vergebliche Versuche, mit dem Hause Kampendonk Kontakt aufzunehmen.

Kapitel 55

Donnerstag, 3. August, vormittags

Franziska bestätigte, dass sie in der Tat Frau Morgenstern sei.

»Mein Name ist Kampendonk.« Der Bankier deutete eine Verbeugung an. »Und Sie scheinen sich im Moment in einer etwas unkomfortablen Situation zu befinden.« Er musterte sie über den Rand seiner Brille.

»Oh, Sie sind also Herr Kampendonk! Dann sind Sie sicher der Vater, der sich für die Befreiung seiner Tochter bedanken möchte. Und natürlich für die Rückgabe des Lösegeldes. Auch wenn etwas fehlt – ich vermute, Sie werden es verkraften. Aber bevor wir uns unterhalten – könnten Sie es in Erwägung ziehen, mich loszubinden? Die lieben Kleinen brauchten jemanden für ihren Marterpfahl – im Gegenzug mähen sie hoffentlich den Rasen. Im Moment sind sie allerdings zum Eisessen ausgeflogen.« Franziska lächelte umwerfend.

»Ich muss Sie korrigieren: Ich bin nicht der Vater, sondern der Ehemann. Und ich muss Sie enttäuschen: Ich werde Sie ganz sicher nicht befreien. Vielmehr kommt mir Ihre derzeitige Situation recht gelegen.«

Er setzte seinen Diplomatenkoffer ab und entnahm ihm einen Revolver und einen Schalldämpfer. Franziskas Augen weiteten sich. Sie bekam ein flaues Gefühl in der Magengegend.

»Sie hatten mich gestern Abend angerufen und für heute einen Termin um 20 Uhr vorgegeben.«

»Nun muss ich Sie enttäuschen«, gab Franziska tapfer zurück. »Ich habe gestern ganz bestimmt nicht angerufen. Bis eben kannte ich Sie doch nicht einmal!« Beklommen verfolgte sie, wie Kampendonk mit seiner Schusswaffe hantierte. »Würden Sie mir verraten, was Sie da gerade tun?«

»Nun, wonach sieht es denn aus? Ich muss Sie aus dem Weg räumen. Ich kann niemanden gebrauchen, der mir permanent im Wege steht.«

»Das verstehe ich nicht.« Franziska versuchte, Ordnung in ihre Überlegungen zu bringen. Der Mann vor ihr konnte zweifellos nicht Herr seiner Sinne sein. Genauso zweifellos stand er aber im Begriff, von seiner Schusswaffe Gebrauch zu machen. Zeit gewinnen, hämmerte es in ihrem Kopf. Zeit gewinnen!

»Vielleicht sagen Sie mir, wobei ich Ihnen im Wege stehe?« Franziska versuchte, den Bankier in ein Gespräch zu verwickeln.

»Nun, das wissen Sie doch sehr genau«, entgegnete Kampendonk. »Immerhin haben Sie am Telefon einen offensichtlichen Versuch unternommen, mich mit Ihrem Wissen zu erpressen. Ihr Problem ist, dass Sie mich um 20 Uhr bestellt haben und ich schon jetzt zu Ihnen gekommen bin. Dafür bitte ich um Nachsicht, aber zum einen hatte ich das Gefühl, dass ich Ihnen zuvorkommen sollte, bevor Sie mit Ihrem Wissen Schaden anrichten, und zum anderen passt mir 20 Uhr überhaupt nicht in meine Planungen. Dann werde ich nämlich nicht mehr in Bremen sein.«

In einem ersten Reflex wollte Franziska noch einmal unterstreichen, dass sie keinerlei »Wissen« besitze, das ihm schädlich werden könnte. Doch das würde unter Umständen zum Ende des Gesprächs führen. Und worin das bestehen würde, hatte Kampendonk bereits deutlich zu erkennen gegeben.

Eben begann er, den Schalldämpfer auf die Waffe zu schrauben.

»Gut«, räumte sie ein, »Sie sind also überzeugt, dass ich etwas weiß. Interessiert es Sie denn gar nicht, woher ich dieses Wissen habe?«

»Doch, meine Liebe, dass ich an dieser Stelle neugierig bin, will ich gerne zugestehen.«

»Das glaube ich gerne«, fabulierte Franziska jetzt ins Blaue hinein, »wo Sie doch alles so sorgfältig geplant hatten. Aber ich mache Ihnen einen Vorschlag: Sie erzählen mir, warum Sie keinen anderen Ausweg sahen, und ich erzähle Ihnen, woher ich meine Kenntnisse habe.« Franziska pokerte inzwischen sehr hoch.

»Jemand, der am Marterpfahl steht, sollte eigentlich keine Forderungen stellen«, lächelte Kampendonk. »Ich erfülle Ihnen aber gern Ihren Wunsch – schließlich wird es Ihr Letzter sein.«

Franziska schluckte. Wo blieb nur Andreas? Aus eigener Kraft konnte sie sich nicht befreien, so viel stand fest. Die Rasselbande hatte sie mit einer kompletten Wäscheleine umwickelt.

»Nun«, begann der Bankier, »es geht, wie eigentlich immer im Leben, um Geld und Liebe. Ich bin mit meiner Frau im Grunde glücklich verheiratet, und im Mittelpunkt meines beruflichen Wirkens steht unser Familienunternehmen. So weit, so gut. Leider ist das Bankhaus Kampendonk im Rahmen der Bankenkrise in Turbulenzen geraten, woran mein Direktor Baumgarten nicht ganz unschuldig war.«

»Herr Baumgarten war ihr Direktor?«

»Ja«, bestätigte Kampendonk. »Und wie ich heute sagen muss, leider. Ich war von seinen Qualitäten uneingeschränkt überzeugt, aber er war nur im ruhigen Fahrwasser ein zuverlässiger Mann. In der rauen Dünung der globalen Finanz- und Bankenkrise entpuppte er sich jedoch als talentfrei. Als ihm die Geschäfte entglitten, offenbarte er sich mir nicht rechtzeitig. Und dann war es schon zu spät. Mit anderen Worten: Das Bankhaus Kampendonk, dieses traditionsreiche Familienunternehmen, steht vor dem Kollaps. In der nächsten Woche werde ich die Insolvenz nicht mehr abwenden können. Dann wird es entsprechende Schlagzeilen geben und ich eine

Menge Ärger bekommen – auch strafrechtlicher Natur.

Denken Sie nur an das Stichwort ›Konkursverschleppung‹. Hinzu kommt, dass mein Direktor sich nicht nur eine Reihe gravierender Fehlentscheidungen erlaubt hat, sondern in der Wahl der Geschäftspartner wenig wählerisch war. Außerdem animierte er etliche Kunden in großem Stil zur Steuerhinterziehung. Zu diesem Zweck kultiviert er eine enge Zusammenarbeit mit einem Kreditinstitut in Vaduz. Bedauerlicherweise nachzulesen auf einer CD, die der Bremer Finanzsenator in diesen Tagen erwarb. Die Staatsanwaltschaft hat schon ein Verfahren eingeleitet – man spricht dort höflicherweise von einem Anfangsverdacht.

Aber das ist nur die Hälfte der Geschichte: Trotz meiner glücklichen Ehe bin ich auf Abwege geraten. Im Frühjahr habe ich Sabine Hellwege kennen gelernt und sie wurde meine … nun ja, meine erste außereheliche Beziehung. Zu diesem Zeitpunkt war meine berufliche Welt noch in Ordnung. Oder sagen wir besser, ich hatte damals noch keine Ahnung, dass Sebastian Baumgarten gerade die Bank an die Wand fahren wollte.«

Das Erzählen hatte Kampendonk so in Anspruch genommen, dass er sogar das Aufschrauben des Schalldämpfers unterbrochen hatte. Franziska unterdrückte Zwischenfragen und ließ ihn weiter vortragen. Und Kampendonk, der es eigentlich eilig haben musste, wurde gesprächig.

»Frau Hellwege hatte ich übrigens auch durch Herrn Baumgarten kennen gelernt. Er stellte sie mir als eine besonders gute Kundin vor, deren Konto seit einigen Jahren eine sehr erfreuliche Entwicklung aufwies. Auf jeden Fall hatte Sabine etwas Unwiderstehliches. Da wurde mir als Mann, der die wesentlichen Dinge des Lebens bereits hinter sich gebracht hat, warm ums Herz. Es war, als würde ich die Zeit noch einmal zurückschrauben können. Ich weiß nicht, ob Sie das verstehen.«

Franziska nickte.

»Nun musste eine Doppellösung her, um beide Probleme zu lösen – die Banken- und die Ehekrise. Baumgarten und ich haben nächtelang Pläne geschmiedet, geprüft und verworfen.

Schließlich fand sich eine für die Begriffe eines hanseatischen Kaufmanns tollkühn zu nennende Idee: Ich würde mit Sabine auswandern, das nötige Startkapital wollte ich über die Entführung meiner Frau beschaffen. Kapital aus unserem eigenen Betriebsbestand konnte ich nicht mehr aktivieren – es gibt dort nichts mehr, was ich hätte flüssig machen können. Sabine Hellwege und Baumgarten übernahmen die Entführung und Verwahrung meiner Frau. Die Bedingung dabei war, dass ihr kein Haar gekrümmt werden durfte.«

Franziska verkniff sich Nachfragen, denn damit hätte sie eingeräumt, dass sie in Wirklichkeit nichts, aber auch gar nichts wusste.

Kampendonks Referat hatte sich inzwischen zu einem Selbstgespräch weiterentwickelt. Mit einem versonnenen Lächeln setzte er seinen Bericht fort:

»Zunächst lief die Geschichte vielversprechend. Sabine Hellwege und Baumgarten schlüpften in die Rolle von Kriminalbeamten und inszenierten die Entführung als Verhaftung. Ich setzte mich mit einem befreundeten Kreditinstitut zusammen – man kennt sich ja in diesem Geschäft durch zahllose gemeinsame Transaktionen – und besorgte dort das Geld. Das gemeinsame Kennen hat allerdings auch den Nachteil, dass die prekäre Situation meines Hauses in Bankenkreisen längst kein Geheimnis mehr ist. Ich musste für die zwei Millionen Euro also handfeste Sicherheiten beibringen.«

»Keine einfache Aufgabe«, warf Franziska ein, um das Mitteilungsbedürfnis des Bankiers wachzuhalten.

»Nun, es gibt ja noch das Haus meiner Frau – die Villa, in der wir residieren. Die habe ich dem Institut als Sicherheit anbieten können. So bekam ich das Geld in sehr kurzer Zeit – unter Geschäftsfreunden im Bankenwesen ist das in solchen Extremfällen möglich. Die Bereitstellung dieses Betrages war vom Geldgeber jedoch mit der Auflage verknüpft worden, dass ich die Polizei einschalte. Überdies wurde mir ein recht hoher Zinssatz auferlegt.«

Kampendonk holte tief Luft – die Schilderung der Geschehnisse ließ ihn offensichtlich nicht kalt.

Franziska versuchte während des Vortrags weiterhin vergeblich, ihre Handgelenke freizubekommen. Die lieben Kleinen hatten sie hinter dem Baumstamm zusammengebunden.

Kampendonk fuhr fort: »Nachdem ich die Polizei eingeweiht hatte, war mir klar, dass Herr Strelitz und sein Team mich nicht aus den Augen lassen würden. Nette Leute, aber insgesamt doch ein wenig überfordert.« Er lächelte in Erinnerung an die bisherigen Begegnungen. »Wir mussten der Polizei also eine glaubhafte Geldübergabe vorspielen, bei der sie zwar zugucken, aber nicht eingreifen konnte.

So machte ich mich also auf den Weg, um den Geldkoffer zu übergeben. Ich bemerkte recht bald, dass ich – wie vorausgesehen – von Frau Kannengießer beschattet wurde. Das war jedoch nicht schädlich, denn die Aktion hatte ich mit Frau Hellwege und Herrn Baumgarten genauestens durchgesprochen. Frau Kannengießers Anwesenheit konnte eigentlich nur von Vorteil ein, denn sie wurde auf diese Weise zu meinem Alibi. An der verabredeten Stelle warf ich dann den Koffer aus dem Abteil des Zuges. Ab da entwickelte sich das weitere Geschehen allerdings nachteilig.«

»Das kann man wohl sagen!«, täuschte Franziska erneut fundiertes Wissen vor.

»Ja. Wie sich später herausstellte, hatte ich den Koffer etwas zu früh abgeworfen. Jedenfalls rief Sabine, ich meine Frau Hellwege, kurz nach meiner Rückkehr zu Hause an und meldete, dass sie den Geldkoffer nicht habe finden können.

Diese Botschaft fand ich außerordentlich befremdlich. Baumgarten, der zur Bewachung bei meiner Frau verblieben war, ging es ebenso. Wir verabredeten noch in der Nacht ein Treffen vor Ort. Ich konnte allerdings erst starten, nachdem Strelitz seine Kollegin von der Observation meines Hauses abgezogen hatte.

Wir kamen also schließlich an der Stelle zusammen, an der Sabine das Geld hätte auflesen sollen. Dort suchten wir mit unseren Taschenlampen alles ab. Nichts. Daraufhin wollten wir eine Lagebesprechung abhalten. Das Landheim hatte bereits geschlossen und wäre als Ort für eine solche Besprechung auch wohl kaum geeignet gewesen. Schließlich schlug Frau Hellwege den Schulgarten vor. Der direkte Nachbar sei ihr bekannt, und sie wisse, dass er nicht auf seiner Parzelle nächtige. Auch die übrigen angrenzenden Nachbarn neigten nach ihrer Einschätzung nicht dazu, die Nacht ›auf Parzelle‹ zu verbringen.

So landeten wir tatsächlich im Gewächshaus dieser exklusiven Unterrichtsstätte. Um es kurz zu machen: unser aller Nerven lagen blank, ein Wort gab das andere, Baumgarten und ich verdächtigten Frau Hellwege, das Geld beiseite gebracht zu haben. Sabine vertrat die Auffassung, dass ich den Koffer überhaupt nicht aus dem Zug geworfen hätte.

Auf dem Höhepunkt dieser unerfreulichen Auseinandersetzung kam es zu einem heftigen Wortwechsel, daraus entstand eine kleine Rempelei und ich stieß Sabine, also Frau Hellwege, die sich gegen mich drängte, zurück. Dabei kam sie ins Stolpern, stürzte rückwärts und schlug mit dem Genick auf die Metallkante des Arbeitstisches, der im Gewächshaus stand. Baumgarten und mir war sofort klar, dass Sabine tot war. Der Sturz, der harte Aufprall und die anschließende Bewegungslosigkeit ließen das Schlimmste ahnen.«

Kampendonk hielt inne, sichtlich aufgewühlt von der Erinnerung an diese unselige Soiree.

Zeit gewinnen, hämmerte es wieder in Franziskas Kopf. Du meine Güte, wo blieb denn Andreas? Und was würde passieren, wenn die Kinder vor ihm wiederkämen? Laut sagte sie:

»Na, dadurch hatte sich die gesamte Geschichte schlagartig nachteilig entwickelt. Geld weg, Geliebte weg, Frau entführt und drohende Pleite. Ein bisschen viel auf einmal, selbst für einen gestandenen hanseatischen Kaufmann, oder?«

»Zweifellos. Wir nahmen Sabines Taschenlampe an uns und verließen den Ort des Geschehens. Bei diesem Rückzug bekamen wir ebenfalls heftigen Streit. Baumgarten wollte mir nicht verraten, wo er meine Frau gefangen hielt. Er sagte nun, dass sie die Entführung nicht überleben dürfe. Schließlich habe sie ihn, Baumgarten, bei ihrer vorgetäuschten Verhaftung genau wie Frau Hellwege gesehen. Ich vermute, dass er mich zu diesem Zeitpunkt unter Druck setzen wollte, damit ich bei der Polizei mit Nachdruck auf die Wiederbeschaffung des Koffers drängen sollte. Zudem forderte er jetzt die Hälfte des Lösegeldes für sich. Ursprünglich sollte er nur 100 000 Euro bekommen.

Da Herr Strelitz mich permanent observieren ließ, hatte ich kaum Möglichkeiten, den Aufenthaltsort meiner Frau ausfindig zu machen. Baumgarten war jedoch klug genug, sie weiterhin unversehrt zu lassen, denn ich hatte ihm bedeutet, dass er mit einer Beteiligung am Lösegeld – so es denn wieder aufgefunden würde – nur im Falle einer gesunden Rückkehr meiner Frau rechnen dürfe.«

»Das Geld gelangte ja schließlich erneut in Ihre Hände«, lieferte Franziska dem Bankier die nächste Vorlage zur Fortsetzung seines Monologes.

»Ja. Bis dahin war es schon nicht einfach, den Geldgeber auf der einen Seite und Herrn Baumgarten auf der anderen Seite bei Laune und Strelitz' Team auf Distanz zu halten. Als ich dann das Lösegeld zurückbekam, wurde mir deutlich, dass nicht nur meine Frau, sondern auch ich in erheblicher Gefahr schwebte. Wenn Baumgarten schon bereit war, meine Frau für die Hälfte des Geldes umzubringen, was sollte ihn dann von einem Doppelmord abhalten, der ihm den gesamten

Betrag einbringen würde? Ich beschloss also, Herrn Baumgarten zuvorzukommen und verabredete für gestern Abend die Übergabe des Lösegeldes. Er war weiterhin nicht bereit, den Aufenthaltsort meiner Frau zu nennen, und wollte sie auch erst nach Gelderhalt freilassen. Was das hieß, war klar – er würde sich an keinerlei Verabredungen halten und sowohl meine Frau als auch mich beseitigen. Wir wollten uns um 18 Uhr treffen – vorher, sagte er, habe er noch eine Vorstandssitzung im Landheim.

Ich mietete daraufhin einen Wagen, um unerkannt zu bleiben, nahm mein Jagdgewehr – sie müssen wissen, ich bin passionierter Jäger – und fuhr zum Landheim, in der Hoffnung, dort eine günstig Situation zum Abschuss zu finden. Wie Sie wissen, hat sich diese Situation passend ergeben.«

Kampendonk sprach von dem Mord, als handele es sich um das Ansitzen auf einem Hochsitz mit dem Abschuss eines Hirsches. Mit wachsender Unruhe sah Franziska, dass der Bankier wieder begonnen hatte, den Schalldämpfer auf den Lauf seiner Waffe zu schrauben.

»Nun wird letztlich doch noch alles gut«, lächelte er. »Allerdings nicht für Sie. Seien Sie bitte versichert, dass ich das, was ich jetzt tun muss, außerordentlich bedaure. Bedenken Sie aber bitte, dass Sie diese Situation durch Ihren unbedachten Anruf selbst provoziert haben.«

Franziska wurde fast schwarz vor Augen. Das sollte jetzt wirklich das Ende sein? Sie bekam weiche Knie – aber dank der Wäscheleine litt ihre Standfestigkeit nicht. Sie räusperte sich.

»Herr Kampendonk, wie lösen Sie denn das Problem mit ihrer geschäftlichen Insolvenz?«

»Sie meinen die drohende Zahlungsunfähigkeit«, sagte Kampendonk indigniert. »Nun, ich erwähnte bereits, dass ich mit meiner Frau im Grunde glücklich und zufrieden bin. Frau Hellwege war letzten Endes lediglich eine temporäre Irritation. Ich werde mit meiner Frau, die den gesamten

Hintergrund ihrer Entführung nicht kennt, heute Abend die Reise antreten, die ich ursprünglich mit Frau Hellwege geplant hatte. Da die Tickets ohnehin auf den Namen meiner Frau ausgestellt waren, gibt es keine Probleme.«

»Und wohin geht die Reise?«

»Über Frankfurt nach Montevideo. Uruguay ist unser Ziel. Mit diesem Land gibt es nämlich kein Auslieferungsabkommen. Und ich bin sicher, meine Frau wird sich dort wohlfühlen und mein Handeln akzeptieren.«

»Und warum können Sie nicht einfach fliegen, ohne mich … umzubringen?« Franziska rang nach Worten und um Fassung. Ihr war klar, dass das Thema jetzt ausgereizt war.

»Oh, das ist doch einfach. Sie haben behauptet, alles zu wissen. Sie haben mich auf 20 Uhr bestellt. Wenn ich nicht gekommen wäre, hätten Sie umgehend die Polizei informieren können. Herrn Strelitz wäre dann noch genügend Zeit geblieben, um uns in Frankfurt verhaften zu lassen. Der Flug von Frankfurt nach Montevideo startet nämlich erst um 21.30 Uhr. Aber jetzt genug geschwatzt, Sie wissen bereits eindeutig zu viel, weil ich Ihnen alle Details erzählt habe. «

Er entsicherte die Waffe.

Kapitel 56

Donnerstag, 3. August, mittags

Andreas hatte sich entschlossen, seine Radfahrt um einen Schlenker durch den Bürgerpark zu ergänzen. Er wollte prüfen, ob der Ruderboot-Verleih auf dem Emmasee auch in den Ferien funktionierte. Dann würde er heute Abend oder morgen mit Franziska und den Kindern ein kleines Wettrudern veranstalten. Er fuhr in aller Gemütlichkeit am Hollersee entlang, ließ das Parkhotel rechts liegen, querte den Platz am Marcusbrunnen und stieß zum Emmasee vor. Dort herrschte eifriger Betrieb am Landungssteg. Andreas nickte zufrieden, das Rudern würde stattfinden können.

Zum gleichen Zeitpunkt saßen Vater und Mutter Markgraf mit sechs Kindern in Rudis Landheim und genossen ihr Eis. »Müssen wir nicht allmählich wieder zurück, um Franziska zu befreien?«, fragte Julia.

»Was müsst ihr?«, fragte Frau Markgraf neugierig.

»Wir müssen Franziska befreien. Die haben wir nämlich vorhin an den Marterpfahl gebunden!«

»Ja«, erklärte Johannes, »aber dafür müssen wir Rasen mähen.«

»Eine seltsame Methode, Arbeitskräfte zu verpflichten«, tadelte Herr Markgraf. »Geschieht ihr ganz recht, dass sie jetzt warten muss. Aber wir können ja mal langsam aufbrechen.«

Er winkte Rudi herbei und bat ihn, gelegentlich die Rechnung zu bringen.

Eine wesentlich angespanntere Stimmung herrschte bei Kriminalrat Strelitz. Konstanze Kannengießer und Olaf Knispel waren ohne Ergebnis von der Kampendonkschen Villa zurückgekehrt. Auf ihr Klingeln habe die Hauswirtschafterin geöffnet. Ihre Botschaft war einfach und zugleich unbefriedigend: »Die Herrschaften sind beide nicht im Hause. Ich kann auch nicht sagen, wann sie zurückkommen werden.«

»Sind die denn von allen guten Geistern verlassen«, grantelte der Kriminalrat. »Irgendetwas stimmt da nicht. Wir fahren jetzt zur Bank von Herrn Kampendonk!«

Kapitel 57

Donnerstag, 3. August, mittags

Franziska hatte die Augen geschlossen. Sie wollte nicht sehen, wie Kampendonk auf sie anlegte. Statt eines gedämpften Schussgeräusches hörte sie ein keinesfalls gedämpftes »Töng!«, gefolgt von einem dumpfen Plumps.

Sie öffnete die Augen und sah Carl-Gustav Kampendonk, Bankier in dritter Generation, vor sich reglos auf dem Rasen liegen. Und sie sah ihre Schwester Johanna, die in der rechten Hand eine gusseiserne Bratpfanne hielt und einen ausgesprochen zufriedenen Eindruck vermittelte.

»Meine Güte, hat der viel zu erzählen gehabt«, meinte sie. »Aber interessant war's schon. Ich hab alles mit meinem Handy aufgenommen. Kannst du mir übrigens erklären, was du da am Apfelbaum treibst?«

»Willst du etwa sagen, dass du die ganze Zeit da warst und zugehört hast, während ich hier am Baum Todesängste ausstehe?«

»Ja, hinter dieser gewaltigen Kugeldistel-Staude. Aber nicht nur das«, meinte Johanna zerknirscht. »Ich habe gestern auch dieses Telefonat geführt, auf das er sich bezogen hat. Ihr wart gerade draußen, da hab ich die Nummer gewählt, die auf diesem grünen Zettel stand, den wir in Baumgartens Haus gefunden haben, du weißt schon.«

»Und da hast du dich mit meinem Namen gemeldet? Mach mich sofort los!«

»Das halte ich für keine so gute Idee. Du bist im Stande und probierst die Pfanne an meinem Kopf aus.«

»Binde mich los! Sofort«

»Lieber nicht – ich behalte besser Herrn Kampendonk im Auge. Außerdem soll man an einem Tatort nichts verändern, oder? Ich werde jetzt Herrn Strelitz anrufen. Hast du mal seine Nummer?«

Franziska kannte die Nummer seines Büroanschlusses auswendig. Der Anruf wurde auf sein Handy umgelegt.

Olaf Knispel, der heute wieder fahren durfte, hatte gerade das in der Innenstadt gelegene Bankhaus Kampendonk erreicht.

»Kampendonk ... ich meine, Strelitz«, meldete sich der Kriminalrat, deutlich gezeichnet von den letzten Tagen. »Guten Tag, Frau Morgenstern, Sie hören sich so verändert an ... ah, Sie sind die Schwester. Ja. Ja, natürlich. Sie haben ... Sie haben was?« Er horchte einen Moment. »Gut!«, verkündete er dann. »Wir kommen sofort!«

»Umdrehen, Olaf«, kommandierte Strelitz. »Wir müssen sofort zur Parzelle von Frau Morgenstern. Ihre Schwester war am Apparat. Völlig konfus. Wenn ich es richtig verstanden habe, hat sie Herrn Kampendonk mit einer Bratpfanne niedergeschlagen. Wir scheinen den Ereignissen in diesem Fall ständig hinterherzufahren«, giftete er.

Olaf bewegte den Wagen in Richtung Findorff.

Niemand von den Wageninsassen sah, dass Claudette Kampendonk hinter den Gardinen des Umkleidezimmers im Obergeschoss stand und dem Dienstfahrzeug nachschaute. Ihr Mann hatte ihr morgens die Anweisung gegeben, sich vom Personal verleugnen zu lassen und auf seine Rückkehr zu warten. Er wolle mit ihr verreisen, hatte er erklärt, da sie nach der Entführung dringend Entspannung benötige. Und die Kripo wäre imstande, diese Reisepläne zu vereiteln. Sie war mit dem Kofferpacken fertig und wartete auf die Rückkehr Ihres Carl-Gustav.

Kapitel 58

Donnerstag, 3. August, nachmittags

Als Andreas zurückkehrte, rief er nach Franziska.

»Ich bin hier!«, erklang ihre Stimme, die offensichtlich hinter der Laube war.

Als er um das Gartenhäuschen herumging, bot sich ihm ein vielfältiger Anblick. Auf dem Rasen lag ein älterer Herr, den er nicht kannte. Kriminalrat Strelitz beugte sich gerade über ihn. Daneben stand Johanna mit einer Bratpfanne in der Hand. Am Apfelbaum stand Franziska, die gerade von Frau Kannengießer und Herrn Knispel losgebunden – oder festgebunden? – wurde. Die gesamte Szenerie schien sich aus Versatzstücken mehrerer unterschiedlicher Filme zusammenzufügen.

»Darf ich fragen, was hier vorgeht?«, erkundigte er sich.

»Das war gerade eben auch mein Text«, gab Strelitz bissig zurück. »Aber schön, dass ich wenigstens Ihnen zuvorkomme. Noch ein paar Tage, und wir finden die Toten gemeinsam.«

»Ist denn der Herr dort tot?«

»Nein, aber Frau Morgensterns Schwester hat diese gusseiserne Bratpfanne an seinem Kopf ausprobiert und hat offenbar ihr Bestes gegeben.«

Andreas schaute konsterniert auf Johanna. »Warum tust du so etwas?«

»Oh, der Herr wollte gerade Franziska erschießen, was ich natürlich nicht zulassen konnte.«

»Dann erzähl aber auch, warum dieser Mann mich erschießen wollte«, giftete Franziska. Olaf und Konstanze hatten jetzt die Seile von ihr entfernt, so dass sie sich wieder bewegen konnte. Sie massierte ihre Handgelenke und fiel dann Andreas um den Hals. »Das ist Bankier Kampendonk«, schniefte sie, »er wollte mich umbringen. Johanna ist im letzten Moment dazwischen gegangen!«

In diesem Moment erschienen die Kinder. »Och, Franziska hat sich selber befreit«, sagte Johannes enttäuscht.

Kapitel 59

Freitag, 4. August, vormittags

Strelitz hatte Franziska und Johanna für den nächsten Morgen um acht Uhr in sein Dienstzimmer einbestellt. Franziska konnte sich unter Andreas' Fürsorge soweit stabilisieren, dass sie einigermaßen gefestigt dort erscheinen mochte. Andreas durfte den »Gesprächskreis« komplettieren.

Mit einem betont gut gelaunten »Guten Morgen« betrat Franziska das Zimmer und nickte mit einem gedachten »Hallo Rudolf« der Kaffeemaschine zu, die geräuschvoll ihrer Arbeit nachging. Johanna und Andreas folgten im Gänsemarsch.

Kriminalrat Strelitz saß an seinem Schreibtisch, schob die Brille hoch, schaute für einen Moment irritiert in die Besucherrunde und stellte dann fest: »Ah, die Schwestern Morgenstern. Und Herr Klapphorn. Wie schön, Sie hier zu sehen!«

»Sie hatten uns hergebeten, genauer gesagt: Es war eine Mischung aus Ein- und Vorladung, mit der Sie uns veranlasst haben, heute früh bei Ihnen anzuklopfen, um noch ein paar Fragen zu beantworten«, erinnerte Franziska.

»Richtig«, sagte Strelitz, als fiele ihm erst in diesem Moment ein, dass im Kleingartenverein »Erntedank« einige unerfreuliche Vorgänge zur Aufklärung anstanden. Er kam zur Besucherecke, in der POK Kannengießer und PK Knispel die Gäste bereits erwartet hatten. Allgemeines Begrüßen, Händeschütteln und die Bitte, Platz zu nehmen.

»Wir hätten dies Gespräch natürlich schon gestern führen können, aber ich hatte den Eindruck, dass Sie, Frau Morgenstern« – er blickte zu Franziska – »doch zu sehr beeinträchtigt waren. Durchaus verständlich, wenn Sie mich fragen.

Wir haben gestern Nachmittag die Zeit genutzt, um eine Befragung von Frau Kampendonk vorzunehmen. Sie hatte sich ja in der ersten Tageshälfte einer Einvernahme entzogen. Daraufhin haben wir sie am Nachmittag vorübergehend festgenommen, konnten uns aber davon überzeugen, dass sie in die gesamte Affäre in keiner Weise verwickelt ist.

Mit ihrem Mann sind wir bisher nicht weitergekommen. Wir haben ihn ärztlich begutachten lassen. Er klagt über starke Kopfschmerzen, im Übrigen gibt er vor, sich an die Geschehnisse nicht erinnern zu können. Darüber hinaus hat er nach seinem Anwalt verlangt und der hat ihm geraten, zum gegenwärtigen Zeitpunkt nichts auszusagen. Stattdessen erwägt man jetzt eine Anzeige gegen Sie, Frau Morgenstern.« Strelitz wandte sich Johanna zu.

»Gegen mich?« Johanna war perplex.

»Ja, wegen Körperverletzung. Aber wir haben ihre Handy-Aufzeichnung ausgewertet und Sie können der Anzeige nach meiner Einschätzung mit heiterer Gelassenheit entgegensehen«, gab sich Strelitz entspannt. »Im Übrigen finde ich Ihre Teilnahme an der Aufklärungsarbeit ungemein bereichernd. Mit Ihrer Schwester und Herrn Klapphorn haben wir im letzten Jahr mehrere Monate bis zur Aufklärung benötigt. Durch Ihr Mitwirken können wir die aktuellen Fälle bereits nach exakt einer Woche an die Staatsanwaltschaft weiterreichen. Ich muss allerdings zugeben, dass Sie dabei das Nervenkostüm Ihrer Schwester erheblich strapaziert haben. Aber darüber sollten Sie sich vielleicht noch einmal intern unterhalten.«

»Haben wir schon«, meinte Franziska.

»Aha. Darf ich fragen, mit welchem Ergebnis?«

»Nein«, erwiderte Franziska knapp. »Aber seien Sie sicher, dass ein sehr lebhaftes und intensives Gespräch stattfand.«

»Gut, dann will ich nicht weiter nachbohren«, lenkte Strelitz ein. »Es steht natürlich außer Zweifel, dass das Vorgehen

Ihrer Schwester unverantwortlich war und nicht zu billigen ist. Aber angesichts der Tatsache, dass sie damit einen komplizierten Hintergrund aufgedeckt hat, den wir möglicherweise nicht beziehungsweise erst zu spät aufgeklärt hätten, sehe ich mich zu einer längeren Strafpredigt außerstande. Herr Kampendonk wollte in der Tat das Land verlassen. Inzwischen haben sich die Kollegen des Kommissariats ›Wirtschaftsdelikte‹ eingeschaltet. Heute Morgen haben im Bankhaus Kampendonk sowie den Privatwohnungen von Herrn Kampendonk und Herrn Baumgarten Durchsuchungen stattgefunden. Wie ich höre, ist umfangreiches Material sichergestellt worden.«

Strelitz lehnte sich zufrieden zurück.

»Es ist jetzt fast alles aufgeklärt und ich weiß, dass unser Anteil« – er blickte Konstanze und Olaf an – »daran gering war. Bleibt noch, die aus der Haft entsprungene Frau Klingebiel-von Lausitz wieder dingfest zu machen. Ein weiteres Betätigungsfeld bietet die Wagenburg. Wollen Sie polizeiliche Hilfe in Anspruch nehmen, um sie loszuwerden?«

»Nein, im Gegenteil«, schaltete sich Andreas ein. »Wir haben heute Nachmittag einen Termin mit den neuen Repräsentanten der Aussteiger, und dann vereinbaren wir einen Duldungs- und Nutzungsvertrag.«

Der Kriminalrat erstarrte. »Sie machen … was? Und seit wann sind diese Chaoten verhandlungsfähig?«

»Wir spielen mit, weil wir auf diese Weise endlich einen Wasseranschluss für unser Kleingartengebiet bekommen. Die ›Chaoten‹, wie Sie die Aussteiger nennen, werden sich nach unserer Einschätzung zusammenreißen. Das Ganze ist nämlich als Probelauf deklariert, und der Vertrag muss jedes Jahr erneuert werden.«

Strelitz schüttelte den Kopf. »Meine Billigung findet das nicht. Aber ich habe Verständnis für Ihre spezielle Interessenslage«, räumte er ein. Seine gute Laune schien sich etwas einzutrüben.

Rudolf gluckste. Ihm war ein verspäteter Wassertropfen in die Luftröhre geraten. Der Kriminalrat füllte den Kaffee in die Tassen seiner Gäste und seines Teams um.

»Ein wirklich verklausulierter Fall«, resümierte er. »Aber nachdem Kampendonk sich erst einmal dazu entschlossen hatte, den aufrechten Weg eines hanseatischen Kaufmanns zu verlassen, kamen ungeahnte kriminelle Energien zum Vorschein. Der Bankier hat offenbar die Erfahrung gemacht, die sich in unserem Berufsalltag leider immer wieder bestätigt: Wenn erst einmal eine bestimmte Grenze überschritten ist, gibt es kein Halten mehr. Und nach dem ersten Mord waren dann alle Skrupel beseitigt.«

Eine Stunde lang gingen sie den Fall kritisch durch und glichen ihre Erkenntnisse ab. Zum Abschluss verabschiedete der Kriminalrat die drei mit Handschlag. »Nichts für ungut«, meinte er aufgeräumt, »ich habe bei diesem Fall möglicherweise nicht immer den richtigen Ton getroffen. Sollte ich hier und da verletzend gewesen sein, bitte ich um Nachsicht. Dieser Fall gehört jedenfalls nicht zu den ganz großen Erfolgen meines beruflichen Wirkens.«

Konstanze und Olaf hielten sich im Hintergrund, grinsten aber breit.

Kapitel 60

Freitag, 4. August, abends

Franziska und Andreas waren abends noch einmal bei Rudi eingekehrt und hatten dort über den neuesten Stand der Dinge berichtet. Die Kinder waren erneut bei Markgrafs zum nächtlichen Zelten. Bei Rudi wurde es wieder einmal spät. Als sie eingehakt zu ihrer Parzelle zurückkehrten, meinte Franziska, dass es nun Zeit sei, ein wenig Abstand zu gewinnen. »Was hältst du von einer Kurzreise auf die Inseln?«, fragte sie.

Andreas, der sonst kaum ein Mensch für spontane Entscheidungen war, stimmte zu ihrer Überraschung ohne »Wenn« und »Aber« zu.

»Ich bevorzuge Spiekeroog«, schwärmte er.

»Das ist günstig. Johanna hat dort nämlich Kontakte. Wir bekämen sogar ohne Buchung noch Platz in einem Ferienhaus, schon ab dem Wochenende. Allerdings käme sie mit ihrem neuen Lebensgefährten und ihren beiden Jungs mit. Da die beiden aber noch am Anfang ihrer Beziehung stehen, wollen sie sicher auch gern mal alleine sein.«

»War Johanna nicht erst kürzlich dort?«

»Ja, aber sie will jetzt noch eine Woche dranhängen – mit den Jungs. Wir könnten schöne Spaziergänge am Strand unternehmen sowie Abends bei einer Krabbensuppe und einem Glas Jever über meinen blöden Chef sprechen.«

»Und darüber, ob ich meine Bewerbung zum stellvertretenden Schulleiter aufrechterhalten sollte.«

»Und wir könnten entspannt Pläne schmieden.«

»Ja«, sagte er tapfer und zog sie etwas näher an sich heran. »Das könnten wir dann auch erledigen.«

Vorschau:

Wie es mit Franziska, dem Ermittlerteam rund um Karl-Eberhardt Strelitz und dem Kleingartenverein »Erntedank« weitergeht,
erfahren Sie im 3. Band der Findorff-Krimis.

Die Hansestadt ist in Feierstimmung – der Freimarkt, die fünfte Jahreszeit in Bremen, wird wie jedes Jahr vom Innensenator eröffnet. Doch diesmal misslingt der offizielle Akt – zunächst ist der Senator völlig indisponiert, dann wird er im Festzelt Opfer eines Mordanschlages.

Die Bundesanwaltschaft ermittelt, der Polizeipräsident erklärt den Fall zur Chefsache. Ein Bekennerbrief lässt auf politische Motive schließen. Kriminalrat Strelitz und sein Team forschen derweil im privaten Umfeld des Innensenators. Die entscheidenden Zusammenhänge entdeckt jedoch einmal mehr Franziska Morgenstern, Stadtplanerin und ambitionierte Kleingärtnerin.

Die Bände 4, 5 und 6 sind in Vorbereitung.

Verpassen Sie nicht den Anfang: Wie gelangte Franziska in die trügerische Kleingartenidylle? Wie geriet sie zum ersten Mal in mörderische Machenschaften?
232 Seiten,
ISBN 978-3-95651-038-1,
€ 9,90

Ebenfalls im KellnerVerlag erschienen:

Heinz Ortmann:

Erlebnisse eines Bremer Gästeführers

Bremen aus einer neuen Perspektive: Der bekannte Stadtführer Heinz Ortmann erzählt aus seinem reichhaltigen Repertoire zahlreiche Anekdoten & Fakten über Bremens Vergangenheit und Gegenwart. Hier mischen sich interessante Begegnungen aller Art mit Hintergrundwissen zur Bremer Historie. **Ergänzt mit dem »Bremer Rundgang« und den wichtigsten Stadt-Infos**.

112 Seiten, 12 x 20 cm, ISBN 978-3-95651-028-1, ***€ 12,90***

D'Alquen / Porsch / Balke:

Im schönen Schnoor

Historical Gems of Bremen's Schnoor

Eine zweisprachige Entdeckungsreise. Alte, kleine Häuschen in engen Gassen erzählen von einer Zeit, in der Bremen das Zentrum des regionalen Handwerks war. *Jede Straße, jedes Haus* wird in kompakten, informativen Texten vorgestellt und mit Fotos von Ingo Balke reichhaltig sowie großformatig illustriert. Hier gibt es viel zu entdecken, was selbst alteingesessenen Bremerinnen und Bremern neu sein dürfte. Mit Stadtplan.

112 Seiten, Hardcover, 21 x 15 cm, mit 140 ***Farb****fotos,*
ISBN 978-3-95651-021-2, ***€ 9,90***

Henning Lühr / Jan Janning:

Internationales Grünkohl-Kochbuch

50 Rezepte aus 27 Ländern

Der Bremer Staatsrat Henning Lühr zeigt, welche internationalen Variationsmöglichkeiten mit der »urdeutschen« Leibspeise möglich sind. Ob türkische, russische oder finnische Grünkohlsuppe, Grünkohlsalate, -eintöpfe, -aufläufe oder sogar Grünkohlkuchen – hier finden Sie alle **Rezepte auf Deutsch und in der jeweiligen Landessprache**. Mit hübschen Aquarellen vom Autor und Karin Hollweg illustriert.

132 Seiten, 21 x 21 cm, Hardcover, mit zahlreichen ***farbigen*** *Aquarellen,*
ISBN 978-3-939928-71-3, ***nur € 16,90, 3. Auflage***